半自白

半落ち

橫山秀夫
よこやまひでお

王蘊潔 譯

目錄

志木和正之章

1

茶葉梗立起來了。

雖然他不是個迷信的人，不至於相信所謂茶葉梗立起來就有好預兆這種事，但看到茶葉梗立起來，當然不可能不高興。神龕旁的掛鐘顯示目前是五點四十分。時間差不多了。只要天一亮，重案搜查一股的人就會帶著逮捕令，衝進小森公寓508室。歹徒是強暴了八名小學女童的連續強暴犯。在接到報案以來的兩個月期間，總共投入三千名警力，如此大規模的組織部署，即將收網。

——一定要成功。

志木和正將冷掉的茶連同茶葉梗一飲而盡。他是W縣警總部搜查一課重案股的指導官，四十八歲的他在今年春天升為警視，坐上了可以稱為「刑警頭頭」的職位，否則他現在應該會和一股的成員一起，在公寓附近的車內屏息斂氣等待。只不過獨自坐在靜悄悄的搜查一課辦公桌前，等待下屬報告的差事實在讓人心焦。

五點五十分……志木低頭看著專線電話。他早就把電話拉到辦公桌前端，不需要探出身體，就能立刻抓起電話。已經將歹徒逮捕歸案——在聽到帶領一股人員執行逮捕行動的鎌田組長報告之前，他甚至不敢去廁所。窗外的天色仍然很暗，山麓已經被染成淡橘色，但距離成為逮捕行動暗號的日出還有一段時間。真讓人著急，原來地球的自轉速度這麼慢。

志木點了一支菸，然後朝上吐出紫色煙霧。

十歲的女童扯下歹徒Polo衫上的貝殼鈕釦，鈕釦上沾到微量的顏料，最後花了六十二天，才根據這些枝微末節的線索，循線查到了短大的美術講師。高野貢。二十九歲、單身。志木手上有他的照片。他的臉看起來無精打采。高野是家中的三男，他家是有很多分支的龐大務農家族，家境富裕。他不愁吃穿，安於現狀，自以為拿著畫筆就是藝術家。

——你的好日子到今天為止。

志木看看牆上的掛鐘，又看看手錶。掛鐘和手錶都指向六點零七分。

已經進屋逮人了嗎？他想像著那個瞬間，全身充滿緊張感。他的心跳比親自參與行動時更快。他點了第二支菸。窗外的光線已經可以稱為黎明。六點十分。他們應該已經進屋了。

他注視著電話。快響啊。他用念力想著。就在這時——

「指導官！」

他看向聲音傳來的方向。寬敞的一課深處是刑事部的值班室，此刻值班室的門打開，竊盜特搜股的土倉巡查那張娃娃臉探出來。和縣警總部大門的值班人員不同，刑事部的值班人員主要負責隨時處理深夜發生的突發事件。

「什麼事?!」

志木大聲問道。土倉也大聲回答:「有電話!」

「轉過來!」

志木大吼一聲後咂著嘴。鎌田那個傢伙,不是早就叫他聯絡時要打專線電話嗎?他捺熄菸,握著內線電話的聽筒等待著。一聽到鈴聲,手心感受震動,便立刻抓起電話。

「我是志木。」

「不好意思,一大早打擾。」

不是鎌田的聲音。

「我是中央分局的石坂,這裡遇到一件有點傷腦筋的事……」

是W縣警所在地的W中央分局值日官來電,聲音聽起來很緊張。

「發生什麼事了?」

志木盯著眼前的專線電話問道。

「總部教育課的副課長梶警部剛才來這裡自首。」

——什麼?

「案由是什麼?」

「殺人。他說他殺了太太。」

緊貼著聽筒的耳朵到脖頸都起了雞皮疙瘩。

梶聰一郎——志木立刻想起了這個人的長相和名字。警察學校的教官、很會寫書法，個性敦厚老實。有關他的片斷資訊和印象就像箭一樣掠過腦海。幾年前，他的獨生兒子因病夭折。他比志木早一期進入警界，雖然志木從來沒有和他聊過天，但因同在總部任職，在走廊上或是樓梯遇到時，彼此會點頭打招呼。

他竟然殺了他太太？

志木花了幾秒鐘，才終於擠出聲音。

「確定是他本人嗎？」

「絕對沒錯，我認得他。」

「他怎麼說？」

「他說他掐死了深受疾病所苦的太太。」

深受疾病所苦……志木從來沒有聽說梶的太太生病這件事。不，志木一直在當刑警，梶在警察學校擔任教官多年，雖然都是縣警，但彼此生活的圈子完全不同，志木對他的私事一無所知也很正常。

「你們分局的刑事課長呢？」

「已經聯絡了，目前正趕來。請問……在刑事課長趕到之前該怎麼辦？」

對方的聲音中透露著內心的不知所措。

「帶他去刑事課的偵訊室，一定要安排兩個人，絕對不可以離開視線。」

雖說他不會逃亡，但不能排除跳窗的可能性。他的兒子因病夭折，如今他又親手掐死了深受疾病所苦的太太，即便他主動投案，內心必定極其慌亂。

「所以目前暫時先不逮捕他，對不對？」

「等刑事課長到了之後，先確認屍體，然後再緊急逮捕。逮捕之後，請刑事課長和我聯絡。」

「瞭解，謝謝。」

對方鬆了一口氣，掛上電話。值日官石坂是分局的交通課長，不瞭解發生這類事件時的處理方式，想必他不知所措。不，警官殺害自己的妻子，任何人遇到都會不知所措。而且殺人後自首的是警部，是堂堂縣警幹部，媒體一定會大肆報導，W縣警恐怕陷入一團混亂。

志木再次感到膽戰心驚。

「土倉！」

他回頭叫了一聲，遠處傳來回答聲，娃娃臉的巡查跑過來。他筆挺地站在志木面前。

「我記得你在警校時是梶警部的學生吧？」

「是。」

「他是怎樣的教官？」

「他很親切。」

「親切？應該不會有這樣的教官吧？」

「助教佐藤副警部很嚴格，但梶教官人很好，同學都很喜歡他。」

「他平時都怎麼指導你們？」

「是！比方說……有一次我們出動去支援造成很多人員傷亡的列車事故，梶教官訓示我們，在搬運遺體時，要把他們當成是自己的父母兄弟。」

「瞭解，你可以離開了。」

梶的為人符合自己對他的印象，但是，即使他的太太深受疾病所苦，為什麼這個溫厚有禮、富有同情心的人會痛下殺手？是性格使然嗎？雖然充滿疑問，但志木內心高漲的情緒漸漸平靜下來。

根本不需要將兩起案子放在天秤上衡量，就知道孰輕孰重。對志木這個管理三個重案股的指導官來說，梶聰一郎的殺妻案只是一起自首事件，他不僅已經認罪，而且人已經在警局內。但是，在光天化日之下撬開民宅的鎖，用玩具手銬銬住獨自在家的女童性侵的強暴犯仍然逍遙法外。既然還沒有接到鎌田的電話，就意味警方尚未將高野貢逮捕歸案。

志木看著牆上的掛鐘。

六點二十八分。太晚了。天空已經開始泛藍。

志木瞪著專線電話，從旁邊的警用電話打給搜查一課課長小此木的宿舍。當他把梶自首的事告訴小此木時，小此木一時說不出話。

「我瞭解了，我會通知部長。那個畫畫的怎麼樣了？」

「目前還沒有消息，應該快了。」

他說出內心的期望後掛上電話，同時看了時鐘。六點三十五分。他不禁用拳頭捶著桌子。

——到底是怎麼回事？

這顯然不正常。這種想法就像毒汁般流向全身。被他逃走了嗎？警方徹夜用望遠鏡監視了高野房間的所有門窗，照理說他插翅難飛。要不要打鎌田的手機？不，按照規定，在日出行動之前都必須關機。志木咂著嘴，抖著腳，準備伸手去拿第三支菸。

電話鈴聲打破寂靜。是專線——

志木從丹田深處吐出一口氣，接起電話。

「我們上當了！」

鎌田的聲音震動耳膜。腦海中的茶葉梗立刻消失。

「他喝了農藥！叫了很多次都沒有回應，我們就破門而入，結果發現他躺在廚房的地上打滾！」

難道歹徒發現警方的監視了嗎？

「他發現你們了嗎？」

「不知道。」

「他喝哪一種農藥？」

「百草枯！」

百草枯是劇毒的除草劑。志木感受到自己臉色發白。

「沒稀釋的嗎？」

「應該是！地上有一個舊瓶子，目前並不知道他喝了多少。」

「趕快灌鹽水讓他吐出來！拚命灌就是了。」

「目前正在這麼做！」

「等他吐完之後送去熊野醫院，知道嗎？」

那家醫院可以洗胃，透析設備齊全。最重要的是，離歹徒住的地方很近。

但是，百草枯很傷腦筋。主要成分的巴拉刈一旦進入體內，就會隨著血液循環逐一破壞內臟。即使洗胃或洗腎，倘若吸收的量太多就無法救活。問題在於歹徒什麼時候喝下百草枯，而且喝了多少。

——王八蛋！

志木一腳踹向垃圾桶。

高野犯下的罪行死有餘辜。那些女童的父母如果目前在508室，一定希望看到他痛苦而死。志木也有女兒，他的想法和那些父母極其相似，但是，不能讓高野死得這麼痛快。最近有很多這種傢伙，犯下慘絕人寰的罪行，一旦追究他們的罪責，他們就歇斯底里地叫喊自己活不下去了。帶著無限膨脹的自私，逃向「死亡」這個安全地帶。志木無法原諒這種行為，怎麼可以讓他輕鬆地走上絕路，一定要活逮，讓他丟人現眼地活在世上！

「指導官，救護車到了。我要出發了！」

「好，我也會馬上過去！」

他剛掛上電話，電話又響了。

「什麼事！」

「我是加賀美。」

志木的思考暫時停頓。

那是長官的名字。W縣警的總部長加賀美康博。

「你馬上來總部長室一趟，由你來負責偵訊梶警部。」

2

管理部門各課都在二樓。志木的辦公室在五樓，很少有機會來二樓，更不要說總部長室，他只在升任警視時去過一次而已。

但是，志木並不緊張。當他走在二樓的走廊上時，怒氣在內心膨脹。為什麼要派自己去？雖然對縣警來說這件事非同小可，但梶聰一郎目前在W中央分局受到嚴格監視，既不可能逃走，也死不了。

「打擾了。」

志木走進總部長室。豪華的皮革沙發上有三張剛起床的臉，他們是W縣警的三巨頭。加賀美總部長、伊予警務部長和岩村刑事部長……加賀美和伊予是通過國家特考直接進入警界的高考組，從警察廳派來縣警任職，也許是因為這個原因，由縣警一路升上來的岩村收起平時的從容態度。

包括岩村在內，三巨頭表情都很凝重。四十出頭的加賀美總部長甚至帶著幾分悲愴。

「你和梶警部熟不熟？」

伊予警務部長開口。

「不熟，只是知道他的長相和名字而已，並沒有私交。」

「這樣比較好。」

伊予點點頭，雙下巴跟著抖動。他把桌上一疊厚厚的檔案推到志木面前。那是梶在警務課的資料。第一頁是他的簡歷。四十九歲，年資三十一年。曾經在派出所和幾個轄區警務課任職，之後進入警察學校，在擔任助教四年後，成為教官五年。去年春天成為教育課副課長，無功無過。父母已經去世，目前和妻子啟子住在自己的房子。

「時間緊迫，你大致瀏覽之後，馬上去中央分局開始偵訊。」

等一下。志木很想這麼說。自己並不歸警務部所管。

志木垂眼看著岩村刑事部長。岩村閉著眼睛。

「但是——」

志木將視線移回伊予身上開口，伊予不耐煩地打斷。

「嗯，我已經聽說了，那起事件交給別人處理就好，目前要以梶的事為最優先。」

你不是縣警內偵訊的第一高手嗎？」

志木再度偷瞄岩村，岩村仍然閉著眼睛。

志木的偵訊經驗的確很豐富，在副警部時代，還被稱為「套供高手志木」。正因為這樣，他才感到不解。梶的殺妻案是自首事件，動機明確，梶從一開始就完全「供認不諱」，根本不需要手上有其他事件的志木特地去「套供」。

「中央分局也有能幹的刑警。」

伊予聽了志木的話，瞪大眼睛。

「你認為可以交由轄區警局處理嗎？你知道這起事件的性質嗎？是警察殺人。」

「我知道，但我手上的案子目前——」

「我已經聽取了報告，有什麼問題嗎？那個美術老師不是在警察上門之前就已經喝了農藥嗎？」

「是啊。」

「既然這樣，不就沒有任何問題了嗎？如果是在警察上門之後才喝農藥，就變成是我們的疏失。」

原來如此，他是從這個角度評估。

他果然是傳聞中明哲保身的人，他說的每一句話都讓志木聽了很不舒服。這個空降到縣警的高考部長從來沒有扛過屍體，每次聽到他連同刑事部稱為「我們」，太陽穴就隱隱發痛。

志木直直瞪著岩村。為什麼對辦案一竅不通的警務部長可以在這裡大放厥詞？

岩村好像和志木心有靈犀般，抬起國字臉看著志木。

「那個畫畫的就交給辰巳去辦。」

志木懷疑自己聽錯了。

——難道要遵從警務部長的指示？

志木探出身體說：

「部長，但是高野目前正送往醫院，辦案工作需要精準的指揮。」

伊予咂著嘴，但志木沒有理會，繼續說道。這番話有一半是要說給伊予聽的。

「即使身體狀況穩定下來，百草枯是一種遲效性的毒藥，一旦傷及肺部，一個星期後就可能死亡。必須和醫生做好溝通才能偵訊高野，分寸的拿捏很重要。」

「你的意思是辰巳沒有能力處理嗎？」

志木在岩村注視下說不出話。辰巳和志木都是偵辦跨縣市案子的廣域搜查官，而且警階相同，但現在無暇顧及同事的面子。

「我不是這個意思，而是說，任何人都可以偵訊梶警部。既然嫌犯已經全招了，偵訊工作並不是什麼困難的事。」

「目前並不知道他有沒有全招。」

「啊……」

「梶說，他三天前殺了他太太。」

志木感到被甩了一巴掌。

難道他不是殺人後就立刻到警局自首嗎？

「鑑識小組也認為他太太已經死亡數日，空白的兩天時間令人在意，為了謹慎起見，才希望由你負責偵訊。」

「但是——」

「而且還有層級問題的考量。雖然梶犯了案，但他是四十九歲的警部，如果派層級比他低的年輕副警部，或是和他同層級的警部偵訊他，就未免太不像話了。地檢方面說將由三席檢察官❶佐瀨偵辦這起案子，我們當然不可能只派一個小毛頭承辦這起事件。」

志木無言以對。雖然他有滿腹的話要說，但既然算是自己人的刑事部長也和對方站在同一陣線，如果繼續拒絕，等於準備放棄指導官的職位。

「志木，那就拜託你了。」

加賀美總部長第一次開口。

「九點半之前告訴我結果。」

志木大吃一驚。九點半？怎麼可能？

「必須趕在記者會之前。」

伊予補充說，但這並沒有回答志木內心的疑問。志木問：

❶日本「三席檢察官」，是設立在地方中小規模檢察廳的職務，次於檢察長、副檢察長，實際上是該地方發生的重大案件和複雜經濟犯罪的最高檢察官。

「是晚上九點半嗎？」

「當然是上午九點半。」

志木低頭看著手錶。目前剛過七點半，還剩下兩個小時——

「早上七點已經緊急逮捕了，如果在晚報的截稿時間之後再通知那些記者，他們一定會大肆抨擊，說我們為了袒護自己人，故意拖延公布的時間。縣警的幹部殺人就已經夠頭痛了，怎麼可以因為一個腦筋不清楚的人讓組織受到兩次打擊！」

頭痛？一個腦筋不清楚的人？

志木覺得外人才會說這種話。伊予可能認為志木剛才的發言是在反抗，看都不看他。

沒時間了。

志木抱起檔案起身。

一張照片從資料中滑了出來，掉在地上。照片上的人五官溫和，令人聯想到小動物的雙眼注視著愣在原地的志木。

教官。忠厚老實。兒子夭折。妻子受病痛折磨。扼殺。兩天行蹤不明。自首……

身為承辦這起案子的刑警，他的腦海中浮現了最初的疑問。

梶聰一郎在殺害妻子之後，為什麼沒有自殺？

3

志木坐上指導官專用的偵查指揮車離開縣警總部。

雖然這輛車有專屬的司機，但等司機來會耽誤時間，於是就讓剛值完班的土倉巡查開車。上車後，志木把梶聰一郎的事告訴土倉，從後視鏡中看到土倉的雙眼通紅，顯然並不光是因為值班沒有睡飽。

到W中央分局開車大約十五分鐘，志木將無線對講機的音量關小，用裝在後車座的電話和鎌田組長聯絡。

高野貢已經被送到熊野醫院，目前正在洗胃。他的意識模糊，出現血尿，尿液中檢驗出巴拉刈的成分，情況並不樂觀，志木指示鎌田，向院長說明情況後，派兩名刑警進入處置室❷。這件事必須格外小心，萬一高野清醒咬舌自盡，那就前功盡棄了。

預防自殺……

為什麼梶沒有走上絕路？

準備下車時，志木再度閃過這個念頭，當然是基於和高野的案子完全不同的理由

❷在掛號後，進診療室之前，由護理師進行驗血、量血壓等基本處理的地方。

思考這個問題。我做出了身為警察不該做的事，對縣警的信譽造成沉重的打擊，只能以死謝罪。如果聽到他留下這樣的遺書自殺，應該不會像聽到他自首時那麼震驚。身為警察，就應該這麼做，更何況梶身為教官，曾經是年輕人的榜樣。

志木踏進W中央分局的大門，低頭看著手錶。剛好八點整。他直接衝上二樓，推開刑事課的門。刑事課內的所有人都站起來，神情緊張。

無論是哪個分局，看到縣警的重案指導官都會肅然起敬。縣警總部搜查一課除了課長、副課長以外，指導官、鑑識官和跨縣市偵查官三個人也都是警視，但是一旦發生事件，無論年資長短，指導官掌握最大的發言權。重案股專門偵辦殺人、強盜、縱火、強暴等血腥轟動的事件，只有身為重案股的成員，在事件現場累積多年經驗的人，才有資格接下這個職位。和歷任指導官相比，志木被稱為「奇才」，他不僅現場經驗豐富，偵訊成果更是高人一等。

「沒時間了。」

志木伸手拒絕端上來的熱茶，跟著刑事課長小峰前往中央分局的舊大樓。通往偵訊室的狹窄廊道是志木以前曾經無數次走過的「通勤路」。

「山崎到了嗎？」

「已經到了，在八號偵訊室待命。」

志木指名由W北分局的山崎副警部在偵訊時擔任他的輔佐官。雖然輔佐官的工作只是記錄嫌犯的供詞內容，但偵訊室內的氣氛瞬息萬變，輔佐官必須具備出色的敏銳度，同時也要和偵訊室外進行聯絡和協調，並非任何人都能勝任。志木曾經和山崎搭檔五年，建立了默契。在八號偵訊室待命是山崎的習慣。說來奇怪，即使是多次和警察打交道、很難對付的嫌犯，在八號偵訊室內常常很容易招供吐實。

但是，志木今天不想迷信。

「通知山崎，我要在三號偵訊。」

志木告訴小峰後，推開三號偵訊室的門。

密閉的空氣流動起來，兩坪多大的狹小空間一如往常，及腰的窗戶上裝了鐵窗，鐵桌兩側面對面放著椅子。左側牆邊是輔佐官的長桌和座椅，這就是偵訊室內的一切。這裡以前曾經是志木的「主戰場」，在這個枯燥無味的密室內和嫌犯對峙，和嫌犯展開費盡心思的心理戰。

聽到敲門聲後回頭一看，山崎輕鬆地站在那裡。

「嗨！」

「好久不見。」

「你老了。」

「你也差不多。」

山崎收起笑容，遞上一疊資料。

「這是逮捕令和嫌犯的自我說明筆錄。」

這時，敲門聲響起，一個意想不到的人從門縫中探頭進來。

「志木，打擾一下。」

他是總部警務課的調查官笹岡，和志木是警察學校時的同學，但志木討厭他自以為是菁英的態度，他當然也不喜歡志木，不可能為私事來找志木，應是基於工作需要而來。

——到底有什麼事？

笹岡身後站了一個身穿西裝的年輕人，三七分的髮型，油光滿面，五官很像是腹語術的人偶。

「他是我的下屬栗田，目前是負責人事的課長輔佐。」

「是警部嗎？」

「對，雖然很年輕，但很優秀，你有任何事都可以差遣他。」

「差遣？什麼意思？」

「你沒聽說嗎？他負責協助這次的偵訊。」

——什麼！

志木的眼前浮現了警務部長伊予那張好像大福的臉。

「要我在你們的人監視下偵訊嗎？」

「你不要對我有意見，我只是負責聯絡而已。」

「我自己安排了輔佐官，你趕快帶這個小鬼從我面前消失。」

笹岡不只滿臉，連耳根都變紅了。

「這是部長的命令。」

「哪個部長？刑事部長？還是警務部長？」

「你可以認為是兩位部長的意見，因為刑事部長並沒有反對。」

笹岡說話時一臉得意。

志木怒不可遏，內心極度失望。刑事部長沒有反對？刑事部就只有這種程度的能耐嗎？掌握人事和財務的警務部，只要用總部長的名義行使強權，就連刑事部的「後宮」偵訊室都可以大搖大擺地闖入嗎？

——隨你們的便。

志木重重地坐在偵訊人員坐的椅子上。

「十分鐘後開始偵訊，你們出去。」

「好，我會出去，但栗田——」

笹岡的話還沒說完，志木就大聲咆哮：

「先出去！」

這是他在偵訊前的「儀式」。早就瞭解他習慣的山崎立刻走出去，笹岡和栗田一臉錯愕，也跟著離開。

偵訊室內鴉雀無聲。

志木閉上眼睛深呼吸。

——忘記一切，忘記所有的一切……

他擺脫雜念，全神貫注。在內心呢喃，藉此自我暗示。

就像是這樣。

偵訊就像是一本書，嫌犯是那本書的主角。他們有各種不同的故事，但是書中的主角無法從書中走出來，必須有人翻開書，主角才能夠說話。有時候他們想要賺取熱淚，有時候也會激發憤怒。他們想要說故事，希望有人閱讀他們的故事。只要靜靜地翻開書頁就好。他們在等待，迫切地等待。除非有人翻開書頁，否則他們就無法開口說話。

志木睜開眼。

雖然無法像以前那樣，但心情還是平靜不少。目前的狀態可以開始偵訊了。

約定的十分鐘過去，山崎和栗田走進偵訊室，坐在輔佐官座位上。一分鐘後，志木後方的門打開，他沒回頭，靜靜地等待著。

一個身穿西裝，沒有繫領帶的身影繞過桌子，出現在他的視野中。背對著窗戶，隔著桌子，站在志木前方。年輕的員警為他解開手銬和腰繩，他的手指微微顫抖著。

「請坐。」

栗田瞪大眼睛——志木的聲音鎮定自若，和剛才判若兩人。山崎絲毫不感到奇怪，因為那就是他連續合作五年的「套供高手志木」。

但是，志木的內心並不平靜。

梶聰一郎鞠躬後抬起頭，表情比志木更加平靜而鎮定。他的雙眼清澈。他殺了人，為什麼眼神可以如此清澈？他親手殺了自己的太太，這雙眼睛到底……

志木低頭看著手錶說：

「十二月七日上午八點二十三分，現在開始偵訊。我是總部搜查第一課重案股的指導官志木。」

「我是梶聰一郎，請多指教。」他口齒清晰，沒有絲毫的遲疑。

志木告知他享有緘默權時，感受到自己身為偵訊人員的熱血在沸騰。

接下來會看到怎樣的故事？

時間有限。他為必須從最終章開始閱讀的現狀感到一絲惋惜。

筆在紙上滑動，沙沙作響，是山崎。接著又聽到了另一支筆發出的聲音，栗田也開始記錄了嗎？

志木在桌上十指交握。

「梶警部。」

志木基於悲憫之情，用他的警階來稱呼他。此刻，懲戒委員會正在縣警總部召開會議，決定對梶聰一郎做出懲戒免職的處分。之所以急著做出這樣的處分，是因為希望在記者會上可以宣稱梶聰一郎已經不是現職的警察，而是「前警官」。

同時，稱梶為警部讓志木感到心情沉重。這等於在提醒自己，正在偵訊的嫌犯是同事。無論平時是否有交情，都是自己人。

但是，必須連同這些事，告訴對方目前的現實。

「你所犯下的行為對W縣警造成很大的打擊。」

「是……」

梶深深地低下頭。

「我給縣警的同仁帶來極大的困惑，不知道該如何道歉。」

志木點點頭。

「由於是警務人員犯案，所以必須思考如何面對媒體。雖然這樣的偵訊方式不符合慣例，但我首先想請教有關事件的核心部分。」

今天可以省略正常偵訊中有關出生地、職稱、前科和身世等「規定事項」的調查。因為在錄用警察時，每個人的身家就已經被調查得一清二楚。

志木低頭看著手上的資料。

梶啟子。五十一歲。

「我想請教一下，你為什麼殺了你太太梶啟子？」

梶坐直身體，停頓一下後開口。

「因為……我覺得她很可憐。」

「聽說你太太生病了？」

梶輕輕點頭。

「醫生診斷她罹患阿茲海默症。」

志木受到不小的衝擊。

「大約從兩年前就出現徵兆……她經常頭痛和暈眩，一直服用市售成藥，卻遲遲不見效，反而每況愈下。四月的時候，雖然她不願意，但我還是堅持帶她去醫院。我沒有把醫生的診斷結果告訴她，但她似乎隱約察覺了。她去看了醫學的書，經常問我，她是不是得了阿茲海默症……」

而且病情惡化的速度出乎意料。

她經常記錯日期和星期幾，有時候甚至看不懂時鐘上的時間。她變得很健忘，重要的事也記不住。為了防止這種情況發生，她開始把事情記在便條紙上，卻連寫了便條紙這件事也忘了。事後發現自己忘記了，深受打擊，因恐懼而顫抖，不知道自己什麼時候會過得不像一個人。

「夏天的時候，她確認了自己的病況，整天說想死，說不想活了。我鼓勵她，妳怎麼可以死呢？妳死了，誰去為俊哉掃墓，誰去為俊哉的墳墓供花……」

志木低頭看著資料。

梶俊哉。七年前罹患急性骨髓性白血病死亡。得年十三歲。

「也許這句話反而刺激了她……事情發生在三天前。」

他開始供述案發當天的情況。

「是十二月四日嗎？」

「對，那天是俊哉的忌日。」

他在獨生子忌日當天，殺害了自己的太太。

志木覺得有什麼重物擊中心臟。

「白天，我們一起去掃墓。啟子把墳墓打掃乾淨，還刷洗墓碑，在墓前合掌默禱。她流著淚說，如果兒子還活著，今年就可以參加成人式了，真想和他一起合影。沒想到……」

梶停下來，看著半空。他的眼前一定浮現了之後發生的事。

志木默默等待下文。

梶乾澀的嘴唇動了。

「到了晚上，她開始胡鬧，說還沒有去掃墓。我告訴她好幾次，已經去過了，她仍然不肯罷休。啟子已經忘記了，發瘋似地說，連俊哉的忌日也忘了，自己不配當母親，不配當一個人，想要一死了之……她揮舞雙手跺著腳，結果跌倒在地上，撞到家裡的東西，然後把東西亂丟……我拚命阻止她，但她嚎啕大哭，一次又一次叫我殺了她。她要趁還記得俊哉的時候去死……希望自己死的時候還是個母親……她把我的雙手放在她的脖子上說，求求你，求求你……」

志木雙手抓著膝蓋。

「……我掐死了她……因為她太可憐了……我親手掐死了她……很抱歉……」

受囑託殺人——

這時，聽到嘎答一聲。栗田從椅子上跳起來，衝出偵訊室。九點二十五分。他似乎想要趕在記者會前報告梶的供詞內容。

志木把頭轉回來。

淚水在梶的眼眶中打轉，但他的雙眼仍然清澈明亮。難道是因為他覺得自己讓妻子從痛苦中解脫，所以雙眼才如此清澈嗎？

志木想暫時闔起這本書。

梶的供詞巨細靡遺，龐大的分量和沉重幾乎讓他難以承受。他甚至覺得偵訊室內可以聽到啟子哭喊的聲音。

但是，在休息之前，還必須問一個問題。那就是關於刑事部長岩村提到的「空白的兩天時間」。

「梶警部，」志木注視著梶的眼睛問：「你在犯案之後做了什麼？」

梶回望著志木的眼睛。

但是，他沒有回答。

十五秒……三十秒……一分鐘……

梶靜靜地坐在那裡，從他身上感受不到任何惡意，也沒有絲毫的反抗，但他的嘴唇一動不動。

志木可以感受到坐在輔佐官座位上的山崎緊張得全身僵硬。眼前的寂靜難以打破。志木無法相信，幾分鐘前的梶簡直就像是「和盤托出」的典範。

志木向前探出身體。

也許梶不瞭解剛才這個問題的意思。志木帶著一絲期待，又問了一次。

「殺了你太太之後，到你來自首為止，有整整兩天的時間。這段期間，你在哪裡，又做了什麼？」

梶仍然緊閉雙唇。

志木和山崎互看一眼，用眼神告訴彼此。

梶聰一郎只招供了一部分，只是「半自白」——

5

梶閉口不語，就這樣過了十分鐘。

志木並不著急。

顧名思義，「案發後」的情況，就是警方案件成立「之後的情況」。就算無法瞭解案件之後發生的狀況，也不會影響案件的成立。梶已經交代了犯案之前的來龍去脈，和犯案當時的狀況。供詞的內容很詳細，完全沒有破綻。只要按照他的供詞做成筆錄，無論在移送檢方、起訴和審判的階段，都不會有任何問題。因此，瞭解事件發生之後的情況，只是讓引發事件的人的故事更加完整——就只有這樣的意義而已。

但是，志木身為偵訊人員，對這個可稱為「案件餘聞」部分產生興趣。為什麼他很乾脆地承認殺人這個最嚴重的犯罪行為，卻閉口不談「案發後」的情況？不用說，當然是因為對梶來說，犯案後所發生的一切，才是比他自白內容更重要的故事。

志木首先試著「解析」他的緘默。

「梶警部——你現在是有意識地保持沉默嗎？」

「……」

「我可以認為你在行使緘默權嗎？」

「……」

「所以你不願意談案發後到自首前的事，對不對？」

「那個……」梶開口，但他的聲音幾乎聽不到。「我非談不可嗎？」

志木瞭解梶想要表達的意思。他已經坦承犯罪行為，W縣警已經可以立案，既然如此，還需要說什麼？

「並不是非談不可。」

志木回答後，梶再度低下頭。

「我並不是要行使緘默權，但關於這件事，可以不要再追問了嗎？」

——不要再追問？

這時，聽到一聲巨大的聲響，志木以為門被踢破了，只見栗田衝進偵訊室。

「指導官！請你馬上打電話回總部公關課！警務部長在等你的電話！」

「喔……」志木意興闌珊地緩緩起身。

「下午一點再繼續偵訊，在拘留室吃完午餐後，要不要稍微休息一下？今天一大早就過來了。」

栗田在一旁催促著：「拜託！請快一點！」

志木和栗田一起走出偵訊室，志木立刻一把抓住栗田三七分的頭髮，拖著他在走廊上跑起來，經過第二間、第三間，把他帶進第四間偵訊室內後，把他推倒在地。

「王八蛋！你下次再敢在偵訊室內大吼大叫，我就扭斷你脖子！」

栗田看到志木態度驟變，嚇得魂不附體，護著頭龜縮著，不敢說一句話。

這時笹岡衝進來。

「志木，你別激動！別激動！警務部長在等你的電話。」

「這小鬼不是已經報告過了嗎？」

「你聽我說，總部長在記者會上進退兩難。」

——進退兩難……

「總部長目前正坐困愁城，因為記者的提問都集中在行蹤不明的那兩天時間。」

志木低頭看著地上的栗田，他頻頻點著頭。

目前已經瞭解犯罪行為的全貌，他理所當然地認為記者對此感到滿意。

「記者會朝向不利的方向發展。有年輕的記者隨口問到案發之後的情況，總部長語無倫次，結果各家記者就輪番開始追問。」

笹岡在說話的同時遞上手機。志木推開他的手機，從懷裡拿出自己的。

他打到縣警總部，然後轉到公關課。伊予警務部長親自接了電話。

「情況怎麼樣？他有沒有招？」

伊予壓低聲音問。總部長正在隔壁的記者室被記者圍攻。

志木下定決心後說：「事件後的情況目前還隻字未提。」

「什麼？應該有說什麼吧，像是守在他老婆的屍體旁之類的。」
「不，他並沒有這麼說。」
「那是不是在街上東轉西晃，想要找地方一死了之？」
「不知道，他幾乎保持緘默。」
「那你的感覺呢？能不能憑感覺瞭解點什麼？」
「沒辦法瞭解。」
「你這也算是偵訊人員嗎？不是說你很有本事嗎？難道都是唬人的？」
「請轉告總部長，目前還沒有偵訊到這個部分。」
「事到如今，總部長能說這種話嗎？」
「但是，事實就……」
「那就說他神志不清，殺了老婆之後很受打擊，不太記得那兩天的事了，這樣就行了吧？」
志木停頓片刻後說：「不，不是這樣。」
「你這個笨蛋。」
似乎有人找伊予，電話那端聲音消失了。
志木瞪著半空。
——說我是笨蛋……

過了一會兒，伊予再度響起的聲音顯然放鬆不少。

「似乎變成晚上之前的功課。」

快上午十點了。那些記者暫時放棄追問，回去寫晚報要用的稿子。

「下一次記者會是晚上七點。你應該知道，必須在這之前問出答案。」

志木回想起和梶之間的對話。

我非談不可嗎？

並不是非談不可。

「我會努力。」

「努力這種事就交給基層巡查，你是警視，要拿出成果，知道了嗎？」

6

從偵訊室往刑事課的走廊上沒有人，這是志木以前的「通勤路」，千頭萬緒在他內心翻騰。焦急、煩躁、期待和不安。但是，之前走在這條走廊上時，曾經有過像現在這樣走投無路的心境嗎？

他的肩上扛著W縣警的威信。

伊予警務部長的聲音在耳邊響起。

守在他老婆的屍體旁……

在街上東轉西晃，想要找地方一死了之……

殺了老婆之後很受打擊，不太記得那兩天的事……

志木內心也期待聽到這樣的回答。

但事實並非如此。梶聰一郎隱瞞著案件外的另一個故事，所以他才沒有死。即使失去兒子，親手殺了深受疾病折磨的老婆，完全沒有任何後顧之憂，變成孤單一人，他仍然沒有走上絕路，而是到警局自首。梶選擇活下來，他明知道身為警察，身為曾經教過很多學生的教官形象將毀於一旦，也知道將在拘留室和監獄承受屈辱，但他仍然選擇站出來。他的故事具有如此巨大的力量。志木想要讀這個故事。不，無論如何都必須讀這個故事。這是身為前刑警的志氣，也關係到重案指導官的面子，更為了能夠繼續在W縣警擔任幹部，他無論如何都必須讀這個故事。

——無論如何，好戲要到下午上場。

他推開刑事課的門，和剛好走出來的刑事課長小峰撞個正著。小峰臉色鐵青，說正準備去找他。

他跟著小峰來到刑事課的會客室。

「這是去梶警部家中搜索的課員帶回來的東西。」

在放了證物的塑膠袋中，有印了撩人宣傳廣告的面紙。專門租借成人影片的「影音休閒館」幾個大字首先映入志木的眼簾，然後他定睛細看上面的小字。「東京」、「新宿」、「歌舞伎町」……

「在哪裡找到的？」

「梶警部的大衣口袋裡，掛在家中的衣櫃裡。」

「家裡？」

「他來自首時穿著西裝。」

他顯然做好有去無回的心理準備。一旦到警局自首，好幾年都無法回家。

「這是他平時穿的大衣嗎？」

「一起去他家中搜索的教育課的人說，他每天都穿這件大衣。」

雖然志木不願思考，但他不得不思考。
梶去了歌舞伎町的影音休閒館。
那是招徠生意的面紙。可能是在街上拿到的，但梶顯然去了歌舞伎町。他什麼時候去了那裡？又有什麼目的？
嫌惡感湧上了心頭。
辦案三十年，他曾經遇過各種不同類型的罪犯，充分瞭解到，無論再怎麼假裝聖人，只要撕下外皮，內心都充滿獸性。尤其是性犯罪，更是難以對付。所有的男人無一例外，都具備了犯罪的資質，和地位、名譽和職業無關，他因此認識到，性就是這麼一回事。
梶和歌舞伎町，即使兩者看起來毫無交集，但無法視若無睹。四、五十歲的人，越是規規矩矩越危險。越是從小被灌輸性愛是不好的事，這種倫理觀越強烈，也忠實貫徹這種倫理觀，對性的執著就越強烈。有關性的資訊從四面八方像洪水般氾濫，有一天，他們會咬牙切齒地發現「我吃了大虧！」，然後開始追逐、貪婪、沉溺於性愛，好像在向自己活過的時代復仇，因此失去事業和家庭。這種男人並不在少數。
在掐死太太後，把遺體丟在家裡，去了歌舞伎町，在自首之前，和「相好的女人」見面——
志木和小峰都沒有將這個推論說出口。

「派兩組人手去東京，我去梶警部家裡看一下。」

「樓下都是記者。」

「我知道。」

志木走向刑事課深處，打開押送嫌犯專用的門，沿著戶外的樓梯來到分局後方的停車場。他看到有一個年輕男人站在指揮車附近。對方是《東洋新聞》的記者中尾。志木想要轉身離開，但已經晚了一步。

「指導官！」中尾對自己曾經是田徑選手的腳力很有自信，他轉眼之間就追上了志木，緊跟不放。「你果然在這裡。」

「我只是來看一下，現在要回去了。」

志木再度轉身走向指揮車。

「這次的事情非同小可。」

「嗯。」

「我真的大吃一驚，沒想到那位副課長竟然會殺了太太。」

「你和他很熟嗎？」

「沒很熟，只是之前曾經採訪過他一次。副課長不是曾經製作鋼筆字字帖，發給年輕的警察嗎？」

「那件事做得很好，否則在寫筆錄時錯字連篇，或是字寫得很醜，會被看不起的。」

「現在的情況怎麼樣？副課長有沒有交代案發後的情況？」

「不知道。」

「聽說他連續兩天都打電話到教育課請假，第一天說身體不舒服，第二天說有重要的事。」

「是這樣嗎？」

志木感到有點意外，但立刻就理解了。若是無故曠職，教育課的人一定會去他家瞭解情況，然後就會發現出事了。

然而，梶連續兩天都打電話請假這件事，讓志木覺得似乎看到了他的真實面貌，心情不由得沉重起來。既然他想到要打電話請假，至少代表他並沒有失魂落魄。問題在於謊稱「生病」和「有事」之後，他究竟做了什麼？難道是為了整理家裡？如果是這樣，應該能夠實話實說。果然是去了什麼地方嗎？是歌舞伎町嗎？

志木準備坐上車時，中尾慌忙問他：

「指導官，強暴犯的案子怎麼樣了？」

志木驚訝地轉過頭。他發現這才是中尾守在這裡的真正目的。今天早上去高野頁住處逮人的事，當然沒有通知各家報社。

「不清楚。」

「又要用這句『不清楚』來打發我嗎？」

幸好中尾並沒有志在必得的表情。在眾多記者中，只有中尾揭露了搜查一課正在秘密偵查女童連續強暴事件，也因為如此，刑警都對他敬而遠之，他成為目前最無法打聽到有關女童強暴事件消息的人。

志木彎腰滑進後車座，命令土倉開車。他看了車上的數位時鐘，目前是十一點零五分。警用無線電內正在廣播失竊車輛的車號。

車子駛出分局的後門時，土倉看著後視鏡問志木：

「要回總部嗎？」

「去梶警部的家裡。」

土倉綳緊身體，但什麼都沒說，轉動方向盤。他的雙眼通紅。雖然志木剛才叫他在車上睡一覺，但他顯然睡不著。

志木撥了鎌田組長的手機。

鎌田報告說，高野貢已經清醒，目前使用可以吸收百草枯的藥物，同時還有瀉藥，試圖讓他排出體內的百草枯。等一下就要洗腎。鎌田的聲音仍然像清晨一樣亢奮，志木的耳朵都快被他震聾了。

志木掛上電話後，嘆了一口氣。

他覺得鎌田好像生活在另一個世界，而且女童強暴案在自己的內心急速褪色。在刑警的世界，工作的動力並不完全來自正義感和使命感。因為是工作，有些不想接的案子也只能硬著頭皮偵辦，內部搶功勞和扯後腿的事更是層出不窮。然而，這次強暴犯的事件不一樣，大家都團結一心。大家都有孩子，無法原諒這個強暴女童的惡徒，一定要把惡徒緝捕歸案。參與這起事件的所有刑警都不眠不休地辦案，經過六十二天，終於逮到惡徒。

但是……

志木的心留在三號偵訊室。

和梶的對決將影響自己的未來。

不僅如此，還喚醒了他的初衷。雖然現在才意識到，但那個兩坪多大的密閉空間，不是最能夠充分發揮自我的場域嗎？這些年來不顧一切地偵辦刑案，和大家一樣力爭上游，最後終於成為令人羨慕的搜查一課指導官。立足於權力中心，辦公桌就在搜查一課的正中央，管理統轄眾多下屬，一通電話就可以自在地指揮大規模的組織偵查，但是，這一切真的是自己的目標嗎？

警用無線電的聲音很嘈雜。S市似乎發生肇事逃逸事件，警方已經發布緊急動員。

志木閉上眼睛，身體隨著車子搖晃。

眼前浮現了栗子樹，那是以前老家的庭院內的栗子樹。

小時候，他無法適應新來的媽媽，於是抱著媽媽生前買給他的書，躲在放農具的小屋內。日復一日地看書，書中的主角告訴他很多故事。每次翻開書頁，他就從孤獨中解脫。

志木仍然閉著眼睛。

無線電內充滿緊迫感的對話，如同盛夏季節的如雨蟬鳴。

7

第二次偵訊按照原定的計畫，在下午一點準時開始。

志木先再次詢問了犯案的來龍去脈，以及犯案時的狀況。必須在四十八小時內移送梶聰一郎到檢察廳，志木知道針對「案發後」的調查會耗費很長時間，所以打算先完成自白筆錄。

坐在對面的梶並沒有明顯的變化，輔佐官山崎像往常一樣，完全沒有發出任何動靜。只有栗田不一樣。志木的警告可能奏效，他走進走出時都躡手躡腳，就連寫字時也盡量不發出聲音。

但是，最無法保持平常心的不是別人，而是志木自己。

剛才去梶的家中後，發現了幾件重要的事。他匆匆吃午餐時，仔細閱讀警務課提供的檔案，但仍然沒有決定該如何運用掌握到的「線索」。偵訊時通常先有結論，事先決定「陷阱」，然後再慢慢縮小範圍，把嫌犯逼向陷阱。然而這次找不到讓嫌犯束手就擒的陷阱。目前唯一的可能，就是「在歌舞伎町和女人見面」這件事，但看到梶那雙清澈的眼睛，就覺得太脫離現實。

更何況這次的偵訊被警務部綁手綁腳，還設定了晚上七點的時間限制。這件事重重地壓在志木的心頭，焦慮和煩躁就像氣體般不斷膨脹。

下午三點過後，偵訊漸漸從「案件」轉移到「案發後」，只不過目前還在摸索的狀態。

「阿茲海默症真的是可怕的疾病，你太太才五十一歲。」

「是啊……簡直就是晴天霹靂。」

「你今年四十九歲，我四十八歲，我們也已經是隨時都可能發病的年紀了嗎？」

「應該是這樣，聽說發病的平均年齡是五十二歲。」

志木之所以拘泥於年齡，當然有他的原因。

「我剛才去過你家，看到書房內有一幅『人間五十年』的字。」

梶的眼神微微飄忽一下。

「這是織田信長喜歡的一句話，只有五十年太虛幻了。」

「以前差不多就是這樣。」

「你的書法蒼勁流暢，讓我大飽眼福。」

「不敢當。」

「看起來好像是最近才寫的，請問你是什麼時候寫的？」

「……」

「聽說你寫書法已經二十五年了？」

「是的。」

「你的作品曾經十一次入選本縣的書法展，去年終於在漢字部門得獎。」

「只是運氣好而已。」

「你來自首時，把大衣留在家裡。」

「啊……喔，對。」

「因為知道這一次回不了家了嗎？」

「是啊。」

「想到無法再回家，書法家就會想揮筆嗎？」

「……」

志木猜想他是在自首前寫下那幾個字。

人間五十年——

梶在這句話中蘊含了什麼想法呢？

志木決定冒險，問一下介於「案發」和「案發後」之間的情況。

「殺了太太之後，是怎樣的心情？」

梶回答了這個問題：

「暫時一片茫然。雖然覺得做了傷天害理的事……但又一再告訴自己，這是為啟子著想，這是為了啟子的幸福。」

「隔天十二月五日，你打電話到教育課，說你身體不舒服。」
「是的……」
「但並不是真的不舒服吧？」
「……」
「不是身體的問題，而是心理？」
「……」
「我用梯子檢查了你家中的門楣。」
梶瞪大眼睛。
「發現有一個地方沒有灰塵，有粗繩或是腰帶之類的東西掛在上面的痕跡。」
「我曾經想死。」梶突然開口，「這也是理所當然的事。我失去俊哉，還殺了啟子，我怎麼可能一個人活著？而且愧對縣警的所有人，我必須以死謝罪……我不配活著……但是，再等一年……」
梶靜止不動，僵在那裡。
——再等一年？
梶好像突然想起什麼，眨眨眼睛，又繼續說道：「我只是……怕死而已。」
志木停頓一下後問：「再等一年……這句話是什麼意思？」
梶沉默不語。

今年四十九歲的梶決定再活一年。也就是活到五十歲。『人間五十年』，難道他是基於某種決心，才寫下這幾個字嗎？但是，志木搞不懂為什麼現在不死，要忍受所有的一切，等到五十歲才死。

「和俊哉有關係嗎？」

「……」

「除了你以外，沒有人可以為他掃墓了。」

志木在說話時想到，接下來的好幾年，梶也都無法去掃墓了。

梶靜靜地說：「啟子已經去了那裡，俊哉應該不孤單了。」

志木猜不透梶的真心。

但是，他明確瞭解到一件事。

那就是梶一度尋死，只是之後又改變主意。他選擇帶著堅強的意志活下去，決定要再活一年。至於是什麼原因讓他做出這樣的決定，解開這個謎的關鍵應該就在「歌舞伎町」。

志木低頭看了一眼手錶。

下午三點四十五分。這個時間讓人意識到傍晚將近。他聽到一個聲音：「你是警視，要拿出成果。」但他內心想要閱讀梶緊緊擁抱的故事的欲求，也已經高漲到無法克制的程度。

志木拉拉椅子，縮短和梶之間的距離。

「你最近有沒有去過歌舞伎町？」

他可以感受到梶倒吸一口氣。

「你去過，對嗎？」

「……」

「什麼時候去的？」

「……」

「當我問及案發後的問題，你就保持緘默，這樣一來，我就知道你保持緘默的部分，都是案件之後才發生的。」

「……」

「我的課內有一名年輕刑警很尊敬你，他說，之前在前往列車事故現場時，你曾經訓示學生，在搬運遺體時，要把他們當成是自己的父母兄弟——對不對？」

「是。」

「既然這樣，那你為什麼把太太的遺體丟在家裡，自己外出了呢？」

「……我無可奉告。」

「為什麼？是因為感到愧疚嗎？」

「……」

「老實說，我原本還有點懷疑，但是，我現在完全不認為你是去歌舞伎町玩樂。」

「……」

「我認為你是不會說謊的人，在事件的隔天，你真的身體不舒服，第二天也是真的有重要的事，對不對？」

「……」

「請問是什麼重要的事？」

「請原諒我，我真的不能說。」

「其實你想說出來，想把自己的想法告訴別人。你內心是不是這樣想？」

梶注視著志木，志木也凝視著他。

志木覺得似乎有機會翻開書頁，在這個瞬間，的確有真相大白的跡象。

但是，梶垂下雙眼。當他再度抬起眼睛時，第一次出現了從未見過的混濁。

「志木警視……請你告訴我，我到底該怎麼說？」

「什麼意思？」

「我不想再給大家添麻煩，不管是你、縣警，或是我的學生……」

「你到底想要表達什麼？」

志木在反問的同時，感覺到自己身體漸漸僵硬。

「我在找地方結束生命……是不是這樣說比較好？」

這是憤怒？還是悲傷？

志木覺得胸口熱得好像快燒起來了。

志木仔細玩味著自己說的話，對他說道：

「你不必擔心這種事，我只是想知道你的真實想法。」

8

傍晚五點。志木宣布偵訊暫時休息後，走向刑事課。他早就決定這麼做，打算看一下各家報社的晚報。

推開刑事課的門，就看到笹岡正在講電話的側臉，栗田緊跟在旁。在志木宣布休息的幾分鐘前，栗田躡手躡腳地溜出偵訊室。

志木看到一疊晚報都放在後方的桌子上，正當他打算走過笹岡身旁時，笹岡把電話遞到他面前。

「是部長。」

——部長來催促自己嗎？

「我是志木。」

「喔，幹得好啊！」

志木大吃一驚。伊予警務部長聽起來很高興。

「什麼事？」

「你不要謙虛，門上大梁啊。自殺未遂的事，你終於讓他開口了。七點的記者會就可以交代，他的確曾經自殺，只是自殺未遂，那些記者這次就沒話說了。」

——的確曾經自殺？

「但是，自殺未遂無法說明那兩天的行蹤。」

「當然可以啊，就說他躲在家裡鬱鬱寡歡，還一度想要自殺。這麼一來，那些記者就無話可說了。」

危機解除。

志木終於真切感受到這件事。

但是，這種鬆一口氣的感覺好像混了沙子，不斷在內心擴散，志木無法就這樣掛上電話。

「梶警部曾經外出，這件事千真萬確。」

「不准再提這件事！」伊予突然大聲咆哮，「絕對不能提歌舞伎町。一旦被媒體知道，縣警所有的幹部都要切腹了。」

「他去那裡應該不是玩樂。」

「但是不好聽啊，不好聽！在之後偵訊時，也不要問梶有關歌舞伎町的問題。萬一他交代自己去過，那就真的是自尋煩惱了。忘了這件事，知道嗎？」

志木覺得耳朵很痛。

不管怎麼說，這個男人也是警察，竟然會命令下屬不要查明真相。

「恕我反駁——」

「別說了！」

這時站在旁邊的笹岡伸手搶過電話，背對著志木，對著電話說個不停。

栗田忍不住後退。他應該預料到志木快爆炸了。他害怕的樣子很好笑，志木不禁輕輕笑了。

栗田見狀，繼續往後退。

「把晚報拿給我。」

志木對旁邊的課員說完，在椅子上坐下。他的憤怒迴路接不起來，覺得腦袋好像短路了。

晚報的內容並沒有他想像的那麼聳動。阿茲海默症、受囑託殺人。記者似乎手下留情。但是，每家報社都在報導的最後提到『由於凶嫌在殺害啟子太太之後，到自首為止的兩天期間行蹤不明，縣警將持續密切調查』。

W地檢的佐瀨檢察官看了晚報後，打電話給志木。他似乎第一次聽說嫌犯那兩天行蹤不明的事，追根究柢問了半天。志木和佐瀨不時會相約一起喝酒，雖然話已經到了喉頭，但志木最後還是沒有提及梶曾經外出的事，只說了自殺未遂的事。檢察官並不是自己人，平時對檢方的不信任讓他這樣決定，但志木在掛上電話之後，才發現自己選擇性提供消息順了伊予的意。

9

回到宿舍，已經凌晨一點了。這還算是早下班的日子。

志木沿著昏暗的走廊走向廚房。他漸漸改掉了下班回家後，先去美紀房間看她睡著樣子的習慣。女兒十五歲過後，擅自去她房間張望會被視為「偷窺」。

桌上有三盤包了保鮮膜的菜。道子每天都看傍晚的電視新聞，決定為他準備什麼宵夜。逮捕女童強暴犯的報導泡湯，所以用來慶祝的整尾全魚放回了冰箱的保鮮室。

高野貢已經洗完腎，被送回病房。雖然他無法動彈，但為了以防萬一，志木指示鎌田必須派人監視。

志木默默吃著宵夜，好像和牆上掛鐘的秒針在比賽。

蒐證工作毫無進展。刑警向影音休閒館的店員打聽時出示了梶聰一郎的照片，但店員都說沒見過他。從總部教育課的課員那裡也沒有打聽到什麼消息，所有人都異口同聲地說，梶是「溫厚的人」，但沒有人知道他太太得了阿茲海默症。

晚間記者會的發展如伊予所願。加賀美總部長抬頭挺胸地說，目前已經掌握梶自殺未遂的事實。

志木想起梶那雙清澈的眼睛。

傍晚之後，偵訊又回過頭來製作自白筆錄。因為佐瀨檢察官叮嚀，要在明天上午將梶移送檢方。志木可以感受到佐瀨的言外之意，他不允許縣警包庇自己人。

但是在移送檢方之後，並不代表這起事件就和縣警無關了。在梶被起訴之前，都會關在W中央分局的拘留室內。明天移送檢方，從後天開始，可以羈押十天，之後還可以再延長十天，總共有二十天的時間。即使檢察官偵訊五、六天，警方仍然有兩個星期的時間可以展開偵訊。

——一定要查個水落石出。

志木在盥洗室洗臉時，暗自下定決心。

媒體方面的風波已經平息，不會再受到警務部的干擾。梶把太太的遺體丟在家裡，去了什麼地方？做了什麼事？為什麼一度尋死，卻又改變主意，決定活下來？

鏡子中有一張四十八歲的臉。

平時只有出現在眼睛和肩膀的疲憊，今晚籠罩在開始有明顯皺紋的整張臉上。

人間五十年——

當他這麼想的時候，背後傳來了動靜。

沙沙、沙沙……一個矮小的身體拖著腳步，走向廁所。

看起來就像枯萎的栗子樹。

「媽媽，我回來了。」

他小聲地向那個身影打招呼，但像往常一樣，那個身影沒有回應。

10

電話鈴聲把他從睡夢中驚醒。

志木習慣性地把手伸向枕邊的警用電話，但是客廳的家用電話在響。

清晨五點五十分——

「我是笹岡。」

電話中傳來了警務課笹岡的聲音。原本以為昨天之後，就不需要再和他們打交道了。

「有什麼事？」

「你家訂的是什麼報？」

「七大報都有，公家出的錢。」

「你趕快看一下《縣民時報》，上面刊登了驚人的報導。」

「信箱在外面，到底是什麼內容？快說。」

「在梶自首的前一天，有人在K車站的新幹線月台上看到他。」

志木頓時睡意全消。

「誰看到的？消息確實嗎？」

「那個人你應該認識，就是在縣警總部厚生課福利社寄賣領帶的領帶店老闆，那個傻瓜，以後別指望再和警察做生意了。」

十分鐘後，志木衝出宿舍。

令人驚訝的是，竟然在W中央分局三樓的刑事課看到了伊予警務部長那張浮腫的臉。

志木被拉進會客室，笹岡和栗田也衝進來。不，栗田進來時，努力不發出腳步聲。

本地報紙《縣民時報》的社會版攤在桌子上。

在梶自首前一天的十二月六日早晨七點左右，梶出現在K車站往東京方向的新幹線月台上。領帶店老闆向他打招呼，他點點頭。當領帶店老闆問他：「你要去哪裡？」時，他並沒有回答。梶看起來有點不太對勁，領帶店老闆就沒再和他聊下去。

志木重重地吐了一口氣。這是完美的獨家報導，根本沒辦法搪塞。

「一定有辦法，一定有辦法解決。」

伊予喃喃說道。

「就說他五日自殺未遂，六日在街上東轉西晃，想要找一個地方結束自己的生命——怎麼樣？」

笹岡聽了伊予的話，皺起眉頭。

「但是，他是在往東京方向的月台上……」

「他只是站在月台上，沒有人知道他是搭往東京方向，還是反方向的新幹線。」

伊予銳利的目光看向志木說：

「總之，如果這次外出扯上歌舞伎町就完蛋了。」

志木也有一半同意。既然目前還不瞭解梶外出的目的，一旦被媒體知道他獨自去歌舞伎町，無論是他還是W縣警都會被媒體抨擊得體無完膚。

「喂，趕快開始偵訊！你趕來這裡，不就是為了這個目的嗎？」

志木聽到伊予的催促，看了一眼牆上的掛鐘。目前才六點二十分。

「拘留室七點吃早餐。」

「沒關係，不讓他吃早餐就直接偵訊。」

「如果律師提出抗議，之後會有問題。」

「反正到時候一定是公設辯護人，不可能提出抗議。無論如何都要在晚報的截稿時間之前讓他說，六日那一天，他在街上東轉西晃，找地方結束生命。」

志木瞪著伊予問：「這是要我誘供嗎？」

「誘供？什麼意思？」

偵訊人員用肯定的語氣誘導嫌犯，對他說「你做出了這樣的行為」，然後讓嫌犯按照警方的劇本供述，回答「對，我做出了這樣的行為」就是誘供。對偵訊人員來說，這是最可恥的。

「就是讓嫌犯說謊話。」

「不管是謊話還是實話，反正讓他這麼說就對了！」

「誘供的供詞沒有證據力，一旦事後被發現，在審判時就會被翻案。」

「啊！你是怕丟飯碗嗎？梶不可能翻供，他不是發自內心感到愧疚嗎？」

「是的。」

「既然這樣，就叫他拿出證據！如果他真心想要道歉，不管是不是說謊，他都可以說出口。你告訴那個笨蛋，他害兩千三百名警察被人唾棄。」

「但是——」

「你給我記住！」伊予的臉醜陋地扭曲著，「如果你會丟飯碗，絕對不是因為在審判時被翻案！」

志木感到腦袋昏沉。

原本已經到喉嚨的話消失了。

志木走出會客室，借用後方桌上的電話。

他打電話到刑事部長的宿舍，岩村立刻接了電話。志木向他說明狀況，岩村沉默片刻後說：「你就當作是為梶著想，有時候真相可能不只一個。」

聞言，情緒墜入黑暗。

志木掛上電話，大叫一聲：「栗田！」

「有、有……」

「快把北分局的山崎找來！」

11

六點四十五分。三號偵訊室——

不知道是否感受到志木散發出不尋常的氣氛，梶聰一郎有點緊張。

志木並沒有坐在椅子上。

「不好意思，一大清早就開始，你不妨視為是昨天白天的延續。」

「……」

「梶警部，你在十二月五日和六日這兩天去了哪裡，又做了什麼？」

「……恕我無可奉告。」

「你六日的早晨在K車站的新幹線月台，對不對？」

梶臉色大變。

「你搭新幹線去了什麼地方嗎？」

「我不能說……」

他果然搭了新幹線。

「縣警目前一籌莫展。」

「……很抱歉……」

「今天早上的報紙刊登了你在K車站的事。」

「啊……」

「所以，我想請教一下，你六日早上想要去做什麼？」

梶頻頻眨著眼睛，似乎無法瞭解志木這個問題的用意。

要他說那番話很簡單。志木原本這麼以為，但現在感到焦急。梶昨天主動提出可以說謊，志木斷然拒絕，明確告訴他，不必擔心這種事。梶一定相信了他這句話。

能不能在不誘供的情況下，讓他主動說出那些話呢？

這是志木最後的底限。但是，目前偵訊情況膠著，志木委婉地表達意圖，讓梶主動察覺的手段比「誘供」更加卑劣。

不，不對，手段不重要，只要盡職責就好。

他不想為了眼前這個根本沒有交情的人，毀了自己辛苦建立起來的警察人生。

志木在椅子上坐下。

「梶警部，你受到死亡的誘惑。」

志木不敢相信那是自己發出的聲音。

「你在自殺未遂之後，仍然無法擺脫一死了之的念頭。」

梶的表情彷彿終於找到尋找已久的東西。

山崎放下筆，看著志木。別再說了。這幾個字無聲地刺進志木耳中。

志木繼續說道：

「你在六日那天，在縣內東轉西晃，想要找一個地方結束生命，是不是這樣？」

梶的嘴唇緩緩動了。

「對，沒錯。」

志木知道自己扼殺了一個故事。

志木腦海中浮現了那個夏日的景象。

堆放農具的小屋被拆得支離破碎。父親說，你不是男人嗎？那就對新媽媽好一點。書被壓在木板下，被扯破了，沾滿泥土。父親用戴著棉紗手套的手一把抓起，丟進汽油桶的火中——

他聽到了蟲鳴聲。

不對……那是筆在寫字的聲音……栗田正在做筆記。

志木的身體微微顫抖。

他想要站起來，身體搖晃著。

他感到喘不過氣。他很想扯開西裝和襯衫，用力抓自己的胸口。

「別寫了……」

那是自己的聲音。

「不要寫了！」

志木衝向輔助官的桌子，搶走栗田的豎線紙，撕個稀爛。兩次、三次、四次、五次——梶的供詞散落在地上，不留痕跡。

栗田抱頭龜縮。山崎閉上眼睛，仰頭面對天花板。

偵訊室內只聽到志木急促的喘息聲。

門打開了，伊予警務部長晃著滿臉橫肉衝進來。他剛才在隔壁四號偵訊室，透過單向透視玻璃監視著整個偵訊過程。

「你被解除職務了！你不再負責這個案子的偵訊！給我出去！」

「這裡是我的偵訊室！你才給我出去！」

志木忍不住對著伊予大吼。

「你、你說什麼？你有種再說一次！我叫你再說一次！」

志木豁出去，眼前的狀況已經失控。

「好啊，說幾次都——」

志木的話說到一半，就聽到一個叫聲。

「志木先生！」是梶發出的聲音，「志木先生，你別這樣。」

梶從椅子上滾落下來，雙手放在地上。

「求求你，別這樣。我說實話，我會說出真相，請別再……」

所有人都看著梶。志木、伊予、山崎和栗田，剛才走進來的笹岡也凝視著梶。

梶閉上眼睛，一滴淚水濕了地面。

「六日那一天，我的確去了新幹線的月台，但是，我並沒有搭車。我一整天都在縣內四處徘徊遊蕩，想要尋找自盡之處。公園……百貨公司……河邊……我走遍很多地方，想要找一個自殺的地方。」

志木瞪大眼睛。

「梶先生，你——」

「是真的！」

梶的額頭碰地。

「這是真的！志木先生，請你相信我。拜託了！拜託你了……」

梶的聲音越來越小聲，三號偵訊室陷入一片寂靜。

梶已經「完全自白」了。

故事結束，書本闔上。

12

朝陽很刺眼。

志木從戶外樓梯來到分局後方的停車場，土倉從指揮車內衝出來。專屬的駕駛因為感冒請假休息，因此今天也是土倉開車。

「鎌田組長請您馬上和他聯絡！」

志木邊走邊撥打鎌田的手機，大叫聲立刻震動了他的耳膜。

「高野一頭撞上玻璃窗！鮮血直流！」

「什麼……」

他被拉回現實。身為指導官的自覺和職責被丟進原本空無一物的腦袋裡。

志木坐進後座。

「開車！去熊野醫院。」

「啊？但是……」

「這裡沒我的事，偵訊職務被解除了——開車。」

車子立刻疾駛而出。

這時，志木隔著車窗，看到綁著腰繩的梶跟著員警走在走廊上。

「停車！」

志木跳下車子。

他凝視著遠處的梶的側臉。梶好像感應到，突然轉頭看過來。

志木彎下腰，向他敬禮。

梶也深深鞠躬。

志木感到痛苦。梶漸漸遠去的背影就像是放在輸送帶上的小貨物。

人間五十年——

他無法解開那個謎。

挫折感。不，明顯不同於挫折感的複雜心情在內心翻騰。

再等一年。梶這麼說。五十歲時再死。雖然他選擇活下來，卻限定期限……

志木目送梶的背影消失在大樓中，轉過身。他覺得自己也像是被放在不同方向的輸送帶上。

回到車上，看到後視鏡中有一雙充滿疑問的眼睛。

「警部救了我。」

「什麼……」

「這代表他還是你所知道的梶教官。」

「是。」

指揮車從後門衝出去。

警用無線電正在大聲廣播超商搶劫的緊急通知。

「緊急！緊急！W總部通知所有外勤車支援！以下是歹徒的特徵，身高一百七十到一百七十五公分，身穿黑色夾克，年齡——」

志木抓起了無線電的麥克風。

「一股留守，派二股和三股出動！」

志木持續發出指示，感受到和梶之間的距離越來越遠。

佐瀨銛男之章

1

十二月八日上午十點半。W地方檢察廳三樓的佐瀨檢察官辦公室——

「檢察官，差不多該叫他們了吧？」

「不……等一下。」

佐瀨銛男頭也不抬地回答。

他的雙眼盯著十張左右二十八行豎線紙上的內容，然後暫時停止閱讀，開始動手做筆記。他注視著檔案所附的照片後，再度將視線移回豎線紙上。他察覺到自己的眼神越來越銳利。

「檢察官，但是……」

坐在排成L字形桌子側邊的鈴木事務官探出身體，皺著眉頭。

「嫌犯押送到這裡已經一個小時了，這樣沒問題嗎？」

「沒關係，他們反正也遲到了三個鐘頭。」

從W中央分局將嫌犯押送到這裡後，目前正在檢察廳的臨時拘留室等待。這次的嫌犯並非泛泛之輩。梶聰一郎。四十九歲。雖然昨天受到懲戒免職處分，但在犯案時的警階是警部，而且是W縣警總部的教育課副課長。犯罪嫌疑是受囑託殺人。他的妻子罹患阿茲海默症，哭著求他殺了自己，於是他就掐死她。

佐瀨仔細斟酌著比嫌犯早一步送到的自白筆錄。那是縣警在偵訊同樣是縣警成員之一的梶後製作的筆錄，他發現在看完這份筆錄之後，內心的疑問漸漸變成了確信。隱瞞——W縣警整個組織，都試圖把這起事件的真相埋葬在黑暗之中。

佐瀨感到眼球深處陣陣刺痛，那是憤怒的訊號，首先在眼睛出現。

梶是在四天前，十二月四日晚上動手掐死妻子啟子。那天剛好是七年前，罹患了急性骨髓性白血病死亡的獨生子的忌日。他們夫妻一起去為兒子掃墓，但入夜之後，妻子啟子大吵大鬧，說她沒有去寺院掃墓。阿茲海默症的病魔侵蝕了她記憶的每一個角落，啟子情緒失控，說希望在還記得兒子的時候去死，希望自己死的時候還是母親。她把梶的雙手拉向自己的脖子苦苦哀求，梶答應了她。他覺得啟子很可憐，所以就掐死了她——

到這裡為止都沒有問題。這些犯罪事實不需要懷疑，筆錄的內容很詳細，建立在足以取信於人的真切供詞基礎上，具有充分的說服力。

問題在於「案件發生後」。

梶在四日晚上殺了啟子後，直到三天後的七日早晨，也就是昨天早晨，才前往中央分局自首。十二月五日和六日成為「空白的兩天」，這兩天時間充滿疑問。根據手上的筆錄，五日那一天他整個人恍恍惚惚，曾臨時起意要上吊自殺。六日在縣內東轉西晃，找地方自我了斷。但，佐瀨並不相信。尤其是梶對於六日的供詞，根本就是縣警編造出來的「作文」。

昨天，各家報社的晚報都詳細報導整起事件的內容，在結尾處都提到『由於凶嫌在殺害啟子太太之後，到自首為止的兩天期間行蹤不明，縣警將持續密切調查』。

也就是說，在晚報的截稿時間之前，縣警並沒有從梶的口中問出有關「行蹤不明的那兩天」的供詞。這太奇怪。現職的警部殺了妻子，不難想像，縣警高層應該為了應付媒體絞盡了腦汁，他們應該想到記者會問到梶在那兩天的行動，卻沒有事先準備答案。換一個角度來說，梶雖然在偵訊室內詳細交代犯罪行為，卻隻字未提事件發生後那兩天的情況。這兩件事都太匪夷所思。如果真的是在縣內東轉西晃，找地方結束生命，為什麼無法在逮捕後，立刻從梶的口中問出這番供詞？

即使到昨天傍晚，逮捕梶之後已經過了半天時間，這種無法合理說明的奇妙狀況仍然沒有改變。佐瀨看了晚報之後，才得知嫌犯有兩天的時間行蹤不明，於是打電話去中央分局問了偵訊的情況。志木和正接了電話，他是縣警總部搜查一課重案股的指導官，是縣警刑事部的王牌，就連地檢也對他刮目相看。聽他在電話中說話的語氣，顯然是由他負責偵訊。當問及梶在六日的行動時，志木回答「目前正在追查」。即使在晚報已經公布嫌犯有兩天行蹤不明的時間點，梶仍然沒有供稱自己在街上東轉西晃，想找地方自殺一事。

今天早上，本地報紙《縣民時報》在社會版頭條報導了獨家新聞。就在六日早上，有人在K車站往東京方向的新幹線月台上看到了梶。這是一篇令人震驚的獨家報導，如果報導的內容屬實，就意味著梶把啟子的遺體丟在家裡，打算一個人去東京。

不難想像縣警高層一定驚慌失措，佐瀨同時想到，恐怕會有捏造出符合縣警意圖供詞的危險性。他在宿舍內看了《縣民時報》後，立刻打電話到中央分局，要求即刻將梶押送到地檢，試圖阻止縣警動手腳。但是，在他下達押送命令後，過了將近三個小時，直到九點半時，梶才被押送到地檢廳。佐瀨多次打電話到中央分局催促，但每次都由不同的人接電話，以「正在吃早餐」、「正在為嫌犯重新拍照」等冠冕堂皇的理由，遲遲不將梶押送過來。

佐瀨可以斷言，縣警在這段時間內捏造梶的供詞，或是強迫他說謊。自白筆錄在梶被押送到地檢前一刻才送到。在自白筆錄最後，補充了一段勉強回應《縣民時報》獨家報導的「自白內容」。

這些補充的內容如下：

六日早晨六點左右，開車離家，前往K車站，想要找地方結束生命。在車站買了往北的車票，雖然去了新幹線的月台，但不忍心就這樣丟下啟子，離開出生的故鄉，最後沒有搭上新幹線，來到街上。漫無目的地走去百貨公司、兒童公園和河岸旁，還是無法下定決心一死了之。完全不記得走到哪裡，回過神時，已經回到家，想到只剩下自首這條路，於是就在隔天早晨前往中央分局投案。

——簡直完全不把地檢放在眼裡。

佐瀨用筆尖戳著自白筆錄。

隱隱的刺痛從眼球深處移向眉間。佐瀨今年四十三歲，從東京地檢特搜部調來這裡已有一年半。在W地檢內擔任三席檢察官，地位僅次於檢察長和副檢察長。縣警竟然違背佐瀨的命令，延誤押送嫌犯的時間，而且還送來揑造的自白筆錄。

這意味著縣警不遺餘力地自我保護。製作筆錄的人不是志木，而是「辰巳豐」。他是總部搜查一課的廣域搜查官。聽說這個職位很靈活，有時候會拔擢刑事部內部的人擔任，也經常安排未來將進入管理部門或是警備領域的菁英幹部擔任，以便掌握刑事部門的工作情況。辰巳應該屬於後者，佐瀨記得他之前曾經開玩笑說，自己橫跨了警務和警備部門。

總之，縣警內部在偵訊時曾經換人。換下刑事部的王牌志木，改換已經一隻腳踏進管理部門的辰巳。這一點如實反映縣警內部的混亂和危機感，以及縣警高層為了保護組織，認為可以揑造供詞的強硬態度。

「檢察官。」

鈴木神經質的聲音響徹了整個房間。今年三十二歲的鈴木工作很認真，做事比他說話的聲音更加細膩。

「什麼事？」

「請問……要和縣警開戰嗎？」

佐瀨能夠理解鈴木的擔心。

除非是大城市的特搜部，否則檢察官很少獨自展開偵查。大部分事件都由掌握第一次偵查權的警方進行偵查，檢方全數「吃下」警方移送來龐大數量的嫌犯，在消化之後，再轉送去法院，這算是檢察機構例行的工作。一旦和警方發生摩擦，就無可避免地會影響處理案子的進度，而且會對日常工作造成負面影響。在地方縣市，這種傾向更加明顯。檢察官盡可能避免和警方發生摩擦，持續保住身為上級偵查機關的面子，同時和警方維持輕鬆的合作關係。這是所有地方檢察官內心的真實想法。

正因如此，才無法原諒。W縣警看透檢方這種心思，目中無人，送來一眼就可以看出是捏造的口供。

——這種餿掉的東西我可不會照單全收。

佐瀨手指用力按著額頭。隱隱的刺痛已經擴散到整個頭蓋骨。

「傳喚嫌犯。」

他相信這句話中蘊含著檢察官的靈魂。

無論對方是誰，不管背後有任何勢力在操控，既然傳喚了嫌犯，就不允許失敗。

佐瀨目送著鈴木走出辦公室的背影，難得感受到全身的血液在沸騰。

2

幾分鐘後，梶聰一郎跟著鈴木事務官走進辦公室。他被銬上手銬，繫著腰繩，背後跟著兩名員警。

佐瀨認識W中央分局拘留室的所有員警，他凝視著右側的男人。那個男人三十出頭，光滑的兩頰很像以前電視上演的《雷鳥神機隊》中的傀儡木偶。佐瀨以前沒見過這名員警。

「你是哪個單位的？叫什麼名字？」

傀儡木偶在佐瀨銳利的視線注視下顯得很緊張。

「我姓栗田，在總部警務課任職。」

「警務課的哪個部門？拘留管理股嗎？」

「不……是人事股。」

「那就請你離開，你沒必要留在這裡。」

佐瀨一開始就察覺這個人是來監視梶的。警方以前經常用這種手法，負責偵訊的刑警坐在嫌犯身後，造成無形的壓力，避免嫌犯在檢察官面前說出和在警局供詞不同的內容。

這個自我介紹說是栗田的人來自警務課，負責偵訊工作的人也換成和管理部門關係密切的辰巳豐。只要將這兩件事放在一起就知道，這次捏造筆錄的不是刑事部，而是由警務課主導。

「怎麼了？你趕快離開。」

「但是……」

可能他的上司嚴格交代他要留在這裡。

「你回去對你的上司說，當初是你們決定了這件事。昭和五十五年（一九八〇年），警察廳的長官在法制審議會上明確區分了看守事務。」

栗田很不甘願地離開，離開之後，似乎和年輕的員警使了眼色。可能是交代他：之後就交給你了。

佐瀨將視線移回梶的身上。

梶姿勢端正地坐在眼前的鐵管椅子上。他中等身材，白淨的臉看起來很親切。格外清澈的雙眼令人印象深刻。

幾天之前，他還是縣警的幹部，而且比佐瀨年長。但是，嫌犯沒有貴賤之分。

「現在開始訊問。」佐瀨盛氣凌人地宣布。

「姓名？」

「梶聰一郎。」

「出生年月日？」

「昭和二十七年（一九五二年）三月二十三日。」

聲如其人，他的聲音很平靜。

筆錄中顯示，他出生在縣北一個貧窮的村莊，從老家附近的城鎮高中畢業後，進入W縣警當巡查，在警界服務三十一年。於警察學校擔任教官多年，擅長書法，曾經參加縣展。目前四十九歲，父母雙亡，有一個哥哥，也在三年前罹患肺癌死亡。獨生子在七年前因病夭折，他在四天前，殺害了妻子啟子。

佐瀨不禁重重地吐了一口氣。

「你還有其他親屬嗎？」

「我太太的姊姊住在市內。」

「就只有她了嗎？」

「是的……」

「你承認自己殺了太太嗎？」

「是。」

「怎麼殺害的？」

「……用雙手……掐她的脖子。」

驗屍報告的死因欄內寫著「雙手扼壓頸部造成窒息死亡」。筆錄中的供述內容和所附的照片之間並無矛盾。

「為什麼要殺害她？」

梶的身體似乎縮了起來。

「你親手殺害了另一半，不就只剩下你孤單一人了嗎？」

「因為她太可憐了……眼看著她漸漸崩潰……」

崩潰。這句話打動佐瀨。

然而，無論是基於任何理由，眼前這個人奪走了一條生命。為了瞭解他是否有悔改之意，佐瀨問道：

「即使漸漸崩潰，她仍然是一個活生生的人。無論是罹患阿茲海默症還是臥床不起，日本全國有很多家庭都在照顧病人，大家不是都很努力嗎？」

「很抱歉……我當時沒有想到這些……」

梶用沙啞的聲音回答後，垂下雙眼。

佐瀨忍不住驚訝。

他在哭嗎？

他發現梶的眼皮有點紅，但不是現在變紅的。仔細觀察後發現，他的眼皮不僅有點紅，而且還腫了起來。

這意味著他來這裡之前曾經哭過。是在哪裡哭過？八成是在中央分局的偵訊室。

佐瀨的腦海中浮現梶被逼迫說出虛假供述的情景，簡直就像曾經親眼目睹那一幕。在街上東轉西晃，想找一個地方自殺。為了挽回形象，縣警硬是把這種充滿算計，充滿欺騙的供述塞進梶的嘴巴。

頭蓋骨上的刺痛消失了。

不，眼球底部產生新的疼痛，刺痛的感覺移向眉間，很快又再度擴散到整個頭蓋骨。

因為他清楚看到自己奮戰的對象就在梶的身後。

員警低頭看手錶。

他似乎認為差不多該結束了。移送時的偵訊被稱為「亮相」，檢察官會在瀏覽警方的筆錄同時，問嫌犯幾個補充問題，製作一份簡單的檢察官筆錄，決定是否要向法院申請羈押就結束了，通常會在第二次之後，才進行正式的訊問。

——今天必須進行偵訊。

佐瀨下定決心。

一旦錯過今天這個機會，不知道下次什麼時候才能夠訊問梶。梶被關在警局的拘留室，即使想要傳喚他，縣警也可能像今天早上一樣，用各種冠冕堂皇的理由不放人，然後就有充足的時間，把「行蹤不明的那兩天」的筆錄改得天衣無縫，再移交給佐瀨，要他乖乖吞下。

到時候就束手無策了。無論縣警怎麼踐踏梶，梶原本是縣警的一分子，不可能倒戈投靠檢方，做出對組織不利的供述。

但是，現在不一樣……

手上的筆錄是臨時趕出來的，漏洞百出。無論梶願不願意，都可能藉由問答掌握縣警捏造供詞的突破口。

佐瀨已經想好了發問的步驟。

「那就先聊一下事件發生之後的情況。」

坐在側邊桌子旁記錄的鈴木停下手，然後偷瞄了員警的臉色。員警的表情出現明顯變化。他的臉漲得通紅，不停地吞著口水。

管他呢！我知道你會回去報告。

佐瀨用眼神威嚇員警後，將視線移回梶的身上。

「根據這份警方的筆錄，你在K車站買了往北的車票。這一點沒錯吧？」

「是……」

「是往哪裡的車票？」

「這……」

梶的眼神飄忽起來。

「……我不記得了。」

「北方有什麼你充滿回憶的地方嗎？」

「不……並沒有……」

「你是不是想要往南？想要去東京？」

「……」

「有目擊者證實，你站在新幹線往東京方向的月台上。」

「我不記得了……」

佐瀨毫不猶豫地展開攻勢。

「你說的百貨公司是哪一家？」

「啊？」

「百貨公司的名字，你不是去了嗎？」

「喔，對……是車站前的三丸百貨。」

「你到那裡之後做了些什麼？」

「我去了頂樓。」

「遊樂設施呢？」

「啊……」

「頂樓有哪些遊樂設施？」

「……我不記得了。」

「哪裡的兒童公園？」
「我去了……好幾個公園……」
「你去了哪裡的河岸？」
「霞川……」
「水位呢？」
「……我記得水位並不高，我記不太清楚了……」
「天氣呢？」
「好像是……晴天。」
佐瀨停頓一下，確認正在做筆記的鈴木寫完之後，進入核心問題。
「你在街上東轉西晃，回過神時，已經到家了，是不是這樣？」
「是。」
「那你的車呢？」
「車……」
「你不是開車去了K車站嗎？我問你那輛車子後來怎麼了？」
梶顯得有些痛苦，嘴唇微微顫抖著。
「我是……開車回到家裡的……」
「所以你在東轉西晃之後，又回到了K車站嗎？」

「是……」

「那你當時還滿冷靜的。」佐瀨說完，輕輕抱著雙臂。

「無私的臉」——梶蒼白的臉正是無私的臉。佐瀨以前在特搜部時代，曾經無數次和這樣的臉對峙。這種人比自我防衛的「戒備的臉」更不好對付，他們願意犧牲自我，只為了保護某些重要的東西，那是堅定地發誓要袒護某個人的臉……

佐瀨在梶的臉上看到了另一張女人的臉。

——檢察官，你是為誰而活？

那是在東京地檢特搜部，檢察官佐瀨的辦公室內。一頭黑色長髮，顫動的眼眸和顫抖的聲音……

佐瀨趕走幻影。

「今天早上從幾點開始偵訊？」

「……我沒有看時間。」

「關於六日的行動，你是在今天早上才說的，對不對？」

「對……」

「昨天為什麼沒說？」

「……」

他果然沉默不語。

佐瀨確信，梶對六日這天的行蹤一事，即使面對同為自己人的縣警，也一樣保持緘默。

佐瀨直視著梶的雙眼。

「你東轉西晃，想要找地方結束生命——這真的是你說的話嗎？」

「對。」

「是不是有人強迫你這麼說？」

「不是。」

「既然這樣，那你為什麼昨天不說？」

這個問題精準地打中梶的要害。

這和「無私的臉」產生矛盾。

梶為了保護縣警這個組織，甘願在供述時說謊。既然這樣，為什麼昨天沒有這麼做？不，如果他真心避免組織受到傷害，在殺害妻子之後，就只能做一件事。如果他不是去自首，而是在殺害妻子後自殺，就可以拯救整個組織。梶當然也想到這件事，他五日那一天曾經在家自殺，但最後自殺未遂。這段供述應該是真的。

但是，梶並沒有死。他活下來了，而且選擇走自首這條路。

——你是為誰而活？

佐瀨感到輕微的暈眩。

如果不是為了組織，而是為了某一個人呢？

那個人會是誰？

他的父母已經離開人世，獨生子生病夭折，更親手殺了自己的妻子。他舉目無親，只能為自己而活。

不……現在下定論還為時太早。未必是家人或是親人，不能排除只有梶自己知道的「某個人」存在的可能性。

佐瀨內心的想法變成疑問。他脫口問道：

「你現在是為了誰而活？」

梶瞪大了眼睛，然後用力閉上，似乎要隔絕所有的情緒。

佐瀨感到一陣戰慄。

的確有這個人存在。

這個人只有梶知道。

「檢察官！」

員警用高亢的聲音叫了一聲，隨即站起。

「現在是嫌犯的午餐時間！請允許我們還押拘留！」

員警想必鼓起了極大的勇氣才終於說出這句話，他發抖的身影似乎代表了W縣警的兩千三百個人。

3

既然已經宣戰，就必須趕快確立贏得勝利的策略。

「把K車站的目擊者和梶太太的姊姊找來，然後和重案指導官志木約一下時間。再查一下當天的天氣，問氣象台這裡和東京的天氣。」

佐瀨又向鈴木事務官下達幾個指示後，走出辦公室，上了樓梯。

他來到四樓的副檢察長辦公室——

敲門後推門而入，沙發上除了桑島副檢察長以外，還有一個肥胖男人的身影。

佐瀨大吃一驚，停下腳步。

是W縣警的伊予警務部長。

「佐瀨檢察官，很抱歉，這次給你添麻煩了，真對不起。」

伊予坐在沙發上，但低頭道歉時根本不是對著佐瀨的方向。表面恭維，內心卻狗眼看人低。這個人向來如此。

——他來幹什麼？

警務部主導了梶的假供詞。而伊予是警務部部長，當然可以認為他就是幕後黑手。

「啊，沒關係。進來吧。」

桑島像往常一樣，輕鬆地叫著他。

「你有什麼打算？是不是尚未決定？」

「是，我打算明天申請羈押。」

佐瀨來這裡，是為了請示這件事。原本打算在報告時，提及懷疑警方可能捏造供詞，請求副檢察長同意將降魔劍揮向縣警，但是——

佐瀨小心謹慎地在沙發上坐下，隱隱的刺痛支配整個頭蓋骨。伊予皮笑肉不笑地坐在他的正對面。他應該知道佐瀨把那個叫栗田的警務課員趕出辦公室的事，從時間來看，他應該還沒有接到員警的報告，伊予如果得知佐瀨向梶發問的內容，應該無法這麼鎮定自若。

不，他只是故作鎮定。如同檢察官希望和警方保持良好關係，警方也想和檢方保持良好的關係。即使搏命辦案，好不容易將嫌犯移送檢方，如果檢方接連不起訴嫌犯，警方的努力就功虧一簣。所以除非有天大的事，否則警察不會對檢察官表現出不友善的態度。此刻的伊予正是如此。他內心一定很不平靜，佐瀨趕走他派來監視的栗田，他一定對佐瀨很不信任。

桑島把糖果放進嘴裡時說了什麼。

「啊？」

「我是說——那個警部應該沒有什麼太大的問題吧？」

佐瀨簡直不敢相信自己的耳朵。堂堂的副檢察長，竟然要自己在和嫌犯同一陣線的人面前談論案情？不，他甚至沒有意識到這件事。桑島是真心認為「沒有問題」。只有剛才在佐瀨辦公室的人，才知道佐瀨懷疑梶的供詞有問題這件事。

「嗯？有什麼問題嗎？」

佐瀨沒有回答，微微垂下的雙眼看向伊予。

「那我就先告辭了。」伊予識趣地起身。

佐瀨看著他滿臉橫肉的臉說：「伊予先生。」

「嗯？什麼事？」

「之後可能要向您請教幾個問題。」

雙方試探的視線交錯。

「還請你手下留情。」伊予開朗地點點頭致意，但已經收起笑容。

桑島目送伊予離開後，苦笑說：

「喂喂喂，你不要欺負他。他們目前的日子不好過，但改天或許就輪到我們了。」

「他來這裡幹什麼？」

佐瀨質問道，桑島若無其事地回答說：「來拜託我一些事。」

佐瀨不能當作沒聽到，怒不可遏地問：「拜託什麼事？」

「你不要激動。」桑島用手制止他，把嘴裡的糖果吐在面紙上說：「他們希望不要延長羈押。」

佐瀨覺得刺痛擴散到腦部。

明天可以向地方法院申請十天的羈押，之後可以再延長十天。佐瀨當然希望羈押二十天，但是，伊予希望不要延長，也就是在十天內訊問完棍，就立刻起訴。

簡直是強人所難。

「這件事容不得警方插嘴，請求羈押本來就是檢察官的專權事項。」

「話雖如此……」

「理由呢——他說了什麼理由？」

「當然是因為自家人的關係，被審訊二十天不是很可憐嗎？」

不是。縣警的目的在於縮短時間，減少佐瀨訊問的機會，來不及查明「空白的兩天」，就這樣矇混過去。

果然不出所料。伊予來這裡，就是想要先發制人。

縣警的整個組織都在舞弊造假。這句話幾乎已經到喉頭，但佐瀨最後還是吞下，他決定試探桑島的想法。

「結果呢？你怎麼回答？」

「我當然沒有答應，只告訴他，我們會研究看看。但是……」

桑島看著牆上的月曆。

「今天已經是十二月八日，是太平洋戰爭開戰紀念日了，無論如何，都不可能整整二十天再結案，快年底了，無論這裡還是地方法院都要準備過年。」

他可能對伊予也說了相同的話。

桑島是親警察派，他在公安部多年，內心深處似乎覺得在警察面前抬不起頭。無論是中央還是地方的公安部門，都是警察的舞台，無論在人員、情報和預算各方面，都讓檢察體系望塵莫及，桑島切身體會到，如果沒有警方的協助，檢方的公安部門根本不可能存在，因此他在警察面前總是有點瞻前顧後。

——我無法和這個人聯手。

佐瀨打消念頭，把梶供詞的事藏在心底。

正當他打算起身時。

「對了，我剛才提到的那件事，」桑島皺眉，「就是改天或許就輪到我們這件事。」

佐瀨聽他這麼一說，立刻就想起來了。

「區檢察廳的案子嗎？」

「沒錯，就是那件事。」

佐瀨從鈴木事務官口中聽說，區檢察廳的事務官涉嫌侵佔公款。管轄本縣西部S

區檢察廳的出納主任侵佔了交通違規的罰款。當事人還不知道自己已經被盯上，但近日就會展開特別審計調查，逮捕他只是時間早晚的問題。

「不瞞你說，希望你可以趕快解決警部的事，由你來接手這個案子。」

「我嗎？」

「這個案子的規模可能會很大，他侵佔的都是不容易被人發現暫時繳納的罰款，所以現在根本沒時間去管縣警的事。」

桑島說的話讓佐瀨覺得很不對勁。雖然照理說不太可能，但他忍不住猜想，伊予是不是拜託桑島，不要讓自己承辦梶的案件。

「那個案子請另找別人。」佐瀨斷然拒絕後，走出副檢察長的辦公室。

他產生了危機感。

縣警已經展開行動了，如果動作不加快，就會被困住。

他回到三樓的檢察官辦公室，鈴木剛好跟氣象台通完電話。

「六日縣內的平地都是陰天，K市內有零星小雨。」

「東京呢？」

「是晴天。」鈴木的聲音帶著興奮和害怕。

「辛苦了。」佐瀨走出辦公室，再度前往四樓。

梶聰一郎去了東京。既然這樣，就必須說服「老大」。

檢察長的辦公室位在長走廊的盡頭。佐瀨用力吸一口氣，敲了敲木紋很美的對開木門。

4

W地檢廳檢察長岩國鼎坐在辦公室左側深處的桌前低頭看書。他原本就不高，遠遠看起來更瘦小了，可見檢察長的辦公室有多大。

「我有一事拜託。」

他們一起坐在沙發上。佐瀨單刀直入告訴岩國，他懷疑梶的供詞可能是捏造一事。

「有沒有告訴副檢察長？」這是岩國開口問的第一句話。

「不，我還沒有向他報告。」

岩國露出意外的表情，但眼神透著欣喜。岩國以前是東京地檢的特搜部部長，經常必須為了秘密偵查而欺瞞直屬上司，這種事對他來說無疑是家常便飯。

「好，那就說說你的故事架構。」

這又不是政界的貪瀆事件，但岩國還是脫口說出了所謂的「特搜用語」。不，只要是偵辦案子的檢察官，無論在面對任何案子時，都是對是否具有正確把握「故事架構」能力的一種考驗。訊問的技巧固然重要，但無法把握事件整體架構的檢察官，永遠都沒有機會進入特搜部。

佐瀨直視著岩國說：

「捏造這件事不是由刑事部，而是在警務部的指導下進行。實質掌握指揮權的是警務部長伊予，暫時在刑事部落腳的廣域搜查官辰巳，是實際進行捏造的執行者。除此以外，警務部的數名警視和警部也參與其中。總部長加賀美當然知道一切。」

「嗯，但是，縣警為什麼這樣勞師動眾地捏造供詞？」

「應該是因為梶聰一郎對六日的行動保持緘默的關係，縣警對媒體記者說，目前正在追查，但今天早上的《縣民時報》刊登梶出現在K車站往東京的新幹線月台上的報導，讓縣警陷入困境。雖然不知道梶的目的，但他應該去了東京。現職的警部不僅殺害妻子，而且還把遺體留在家裡，自己跑去東京，縣警認為這聽起來很不妙，於是就要求他謊稱在縣內東轉西晃，想要找地方自我了斷。」

岩國重重點頭。

「問題在於梶去東京幹了什麼，既然需要傾整個組織之力來隱瞞，想必梶做了天大的不當行為。」

「這就不知道了，目前也不知道縣警是否已經掌握梶去東京的目的。」

「你的意思是……有可能是杯弓蛇影？」

「是，但我相信縣警掌握了足以懷疑他可能有不正當行為的線索。梶在六日的行動對縣警造成的打擊很可能比殺妻行為更大。正因為縣警擔心這種情況發生，所以才會隱瞞。」

「好。」岩國很乾脆地回答後，探出身體問：「所以呢？你想怎麼做？」

佐瀨坐直身體，他來這裡，就是為了說這件事。

「我希望檢察長可以同意我搜索。」

「搜索哪裡？」

「梶的住家，以及縣警總部的教育課。」

岩國低吟一聲。

搜索縣警總部——這將會讓縣警的威信掃地。這是警察最害怕，也最忌諱檢方祭出的王牌。

「對他們來說，這是莫大的屈辱，恐怕接下來兩年……不，三年，彼此的關係都會很惡劣，直到雙方的人馬都完全換人為止。」

「我相信必須這麼做。」

「但是，等一下，你要去搜索教育課的哪裡？梶的辦公桌和置物櫃應該早就清理乾淨了。」

「有沒有發現什麼不重要，我認為重點在於搜索這件事本身。」

「什麼……」岩國臉色大變。

「必須讓他們瞭解檢方剛正不阿，藉此瓦解縣警的隱瞞行為，查明梶事件的真相。」

「即使知道真相又如何？殺人的事實已經無可爭辯，那只是案發之後的事。」

「必須瞭解事件的全貌才能確定，案發時和案發後可能有相互呼應的密切關係，而且東京之行的不當行為輕重，也可能會影響量刑。」

該說的話都已經說了。如果無法說服檢察長，這一仗就沒有勝算。

「請檢察長同意。檢察官是公義的化身，瞭解真相是檢察官的義務。」

「但是，如果搜索目的是為了威脅就不太穩妥，這根本是旁門左道？。」

佐瀨的雙手重重地放在桌上，好像在拍桌子。

「難道我們要坐視縣警走旁門左道嗎？問題在於縣警根本不把我們地檢廳放在眼裡，我明知道那是捏造的筆錄，沒辦法照單全收。」

岩國不發一語。

佐瀨用力瞪著他的雙眼。

檢察官是獨立的官署，都是以個人名義行使所有的法律程序，並且以個人名義全權負責。不少人都基於可以進行個人裁量而擔任檢察官，佐瀨也是其中之一，然而，在實務工作上，經常受到「檢察官整體性原則」的束縛，無法違背高層的意志。整個檢察體系也很迂腐陳舊，在上命下從的問題上很嚴格，有時候甚至超越警察組織。

一旦岩國搖頭，他就沒戲唱了。

佐瀨屏住呼吸，等待長官的決定。

過了一會兒，岩國以嚴厲卻又充滿好奇的眼神看著佐瀨說：「好吧。」

佐瀨忍不住握緊雙拳。

「但是——去縣警總部搜索要暫緩幾天，在這幾天內，先用其他方法撼動縣警。如果他們繼續隱瞞，才亮出王牌。」

「瞭解。」

佐瀨心情激動地起身。岩國向他伸出手，示意他等一下。

「對了，你有什麼想法？」

「檢察長的意思是？」

「梶去東京這件事，他去東京有什麼目的？」

「這……」

他在思考的同時，腦海角落浮現一個女人的名字。

今井綾子。

紅色記事本……大頭貼照片……

梶那張「無私的臉」。

佐瀨說：「他可能去見他的孩子。」

「孩子？」

「對。」

「你是說……他有私生子嗎？」
岩國嘆氣的同時，整個人靠在沙發上。
「有相關的消息嗎？」
「並沒有。」
岩國瞪大眼睛問：「既然這樣，你為什麼會有這種想法？」
「梶失去所有的親人，但是，我認為梶目前不是為了自己，而是為了別人而活。」
岩國收起檢察官的表情。
「那也沒關係，即使是這樣的故事架構也沒問題。一味地嚴格是無法勝任檢察官的工作的。」
佐瀨猜不透岩國這句話的意思。
岩國靜靜地繼續說：「你不要操之過急，明年春天之後，我會把你調回特搜部。」

5

深夜十一點，W縣平地地區下起了雨夾雪。

鋼筋水泥的公寓宿舍內冰冷，讓單身者或獨自赴任的人不想回家。佐瀨和千鶴子尚未辦妥離婚手續，所以佐瀨也算是獨自赴任。他一走進家門，還來不及脫下大衣，就拿起整瓶的威士忌開始喝。這幾天他回到家後，都是靠酒精和電暖器比賽，看哪一個可以讓他的身體更快暖和起來。

他收到一張明信片。

那是植村學寄來的搬遷通知。植村學是以前司法進修所的同學，他在明信片上說，目前回到W縣。佐瀨記得他以前在東京當律師，沒想到他的老家在這裡。他們只是每年會互寄明信片的關係，不知道對方的身世很正常。他多次在司法考試中失利，年紀比佐瀨大了不少歲。進修當時，他們並沒有多聊什麼，但植村學顯然是一個做事一板一眼的人，無論佐瀨調動到日本全國各地，每年都會收到他寄來的賀年卡。

佐瀨拿著明信片倒在沙發上。說起來真的很窩囊，即使收到根本不熟的人寄來的明信片，竟也會感到高興，實在太沒出息了。

今天整個下午他都疲於奔命，卻都晚了一步。

出入縣警總部的領帶店老闆在K車站看到梶，聽他的妻子說，他一大早就被縣警以關係人的身分找去瞭解情況。縣警怎麼可能只是向他瞭解情況而已？一定是威脅恐嚇，要他閉嘴。即使之後傳喚他，恐怕也很難問出令人滿意的證詞。

梶啟子的姊姊島村康子今天很忙。佐瀨忘了今天是啟子的葬禮這件事，他在葬禮即將結束時趕到，總算和島村康子約定，在明天搜索梶的住家時，請她在一旁見證。

佐瀨離開時，在上香的隊伍中看到了重案指導官志木，志木正在和看起來像是他同事的幾個人聊天，佐瀨就沒有和他打招呼。鈴木事務官想盡各種辦法聯絡志木，但至今仍然沒有聯絡到。這也難怪，因為志木和正被調離梶聰一郎這個案子後，就繼續投入原本手上的連續強暴犯的偵查工作。佐瀨聽說嫌犯雖然喝農藥自殺，但總算撿回一命。

佐瀨喘著粗氣。

即使見到志木也於事無補。佐瀨和志木很合得來，兩個人曾多次一起去居酒屋喝酒，但志木終究是縣警的一員，就算對被調離案子感到不滿，仍不可能說出背叛組織的話。

酒瓶裡的酒快喝完了。今晚似乎是酒精獲勝。

——你不要操之過急，明年春天之後，我會把你調回特搜部。

岩國檢察長的話讓他心情沉重。

這代表岩國認為他想要回特搜部，所以才想要辦大案子，想把縣警捏造供詞這件事鬧大。

這種想法並沒有錯，至少說對了一半。佐瀨的宿舍內堆滿了政府公報和本縣的經濟雜誌，幾乎連站的地方都沒有。他密切關注公共工程的投標和地方法規的動向，他的目標是縣長。在地方縣市，頂多也只能做這種事。

但是，另一半就……

他一路走來都很努力。在大學期間就通過司法考試，二十四歲時成為檢察官。在東京地檢廳一年，第二年分發到前橋地檢。然後又在第四年回到規模很大的東京地檢廳。在四十八名同期中，只有五個人在第四年回到東京地檢廳。之後他就一直擔任刑事檢察官，重心都一直在刑事部，曾經兩度進入特搜部，立志清除腐敗，改變日本，對政界內部開刀。

沒想到……

檢察官先生，你是為誰而活？

那是兩年前一起常見的逃稅事件。某家藥廠將逃稅的錢交給對厚生省具有影響力的前大臣。負責送錢的專務董事逃進醫院的特別室，隨時和專務一起行動的秘書今井綾子，就成為揭開整起事件真相的關鍵人物。

今井綾子二十八歲，單身，曾經在酒店上班，也是專務董事的情婦。

佐瀨連日傳喚她，但綾子守口如瓶，堅決否認。跟她聊天她也不理會，一再要求歸還在搜索她住家時扣押的私人記事本，似乎藉此進行反擊。

特搜部的搜索很徹底，除了帳冊以外，還扣押了普通的資料、私信、存摺、桌曆、記事本，和寫錯的便條紙。尤其是桌曆和記事本，當事人可能在事後寫上原本並沒有的行程，製造不在場證明，因此搜索時一定會扣押。

佐瀨問了資料課，在扣押品目錄中，的確有綾子所說的紅色記事本。佐瀨翻了一下，發現裡面幾乎沒寫什麼內容，看來真的是她的私人記事本，對偵查完全沒有幫助。

佐瀨當然沒有把記事本還給她，而是拿來作為條件交換的工具。只要她承認曾經送錢，就可以馬上把記事本還給她。當佐瀨提出這樣的交換條件時，綾子說了那句話。

你為誰而活？

佐瀨聽她說這句話時，以為她藉此表達會袒護專務董事到最後的堅定決心。綾子自始至終保持著「無私的臉」，所以佐瀨產生了這樣的想法。

三天後，綾子在家中浴室割腕自殺。

半個月之後，才知道綾子的死和當天新聞中報導的一起兒童死亡車禍有關。

那是鄉下地方的一家育幼院，送營養午餐的貨車司機一時疏忽，在倒車時將一個站在育幼院牆壁前的七歲女童夾死。女童沒有父母，但育幼院的院長每個月都會有一兩次看到女童放學回家時，有一個衣著花俏的女人和她走在一起。而且女童心愛的大頭貼少了一張，院長詢問後，女童一臉為難地告訴她，送給一個很善良的阿姨了。

佐瀨仔細翻開紅色記事本的每一頁，在四月十五日的那一格，看到了那張露出靦腆笑容的女童大頭貼。那也許是連女童自己都不知道的生日。

綾子既不是為專務董事，也不是為了公司，而是為了女兒而活。

媒體報導，綾子因為無法承受地檢廳的偵訊而自殺。這也是事實。綾子被逼得走投無路，逼她的人正是佐瀨。

特搜部並沒有針對事件關係人的自殺發表任何意見。既不是免疫，也不是免責，只是為了公義，默默地著手偵辦下一起事件。他的內心充滿虛張聲勢和自我欺騙，失去了單純的正義感，無法再繼續留在特搜部。

電暖器終於散發出熱氣，像酒精一樣帶給他溫暖。

佐瀨在狹小的沙發上翻身。雖然宿舍有兩房一廳，但他使用的空間很少。為自己而活。這件理所當然的事令他痛苦。

在他產生醉意的腦海中，浮現千鶴子陰沉的表情，隨即又消失了。千鶴子沒有跟著他來這裡。他覺得他們之間的關係應該完了。

千鶴子曾經說，不是因為他喝酒，也不是他的惡言惡語，而是無法忍受他那雙眼睛。明明就在眼前，卻沒有看到眼前的東西，我討厭你這樣的眼睛……

兒子稔以正義使者自居。他從小就和弱勢者站在一起，很早就知道誰是敵人。在漸漸長大之後，用自己的身體保護母親。有朝一日……沒錯，有朝一日，他會發現其實父親才是脆弱的人嗎？

玄關的門鈴響了。八成是記者。這些記者明知道晚上禁止造訪檢察官的住家，但還是有人打破規矩。佐瀨不想去開門，不，他已經無法去開門了。

他被睡魔困住。

他不知道。

他不知道自己為誰而活，也不知道梶聰一郎為誰而活。

6

下了整晚的雨在早上停了。

佐瀨很小心謹慎，但梶的住家附近很安靜，不見員警的身影，也沒有拉起禁止進入的封鎖線。

佐瀨探頭向圍牆外的信箱張望，信箱內是空的。他抬起頭，看到一棟很普通樸素的兩層樓房子。他低頭看錶。目前是上午十點多。

來這裡之前，他訊問在K車站的目擊證人田沼滿男，果然晚了一步。田沼一開口就推託說：「我可能看錯人了。」雖然佐瀨嚴厲追問，但縣警顯然用更嚴厲的手段封住他的嘴。《縣民時報》的報導中提到，他看到梶在新幹線往東京方向的月台上，如今「修正」為「看到有一個很像梶的男人在車站商店附近，身體稍微朝向往東京方向的月台」，但他似乎的確沒有看到梶搭上電車。因為田沼只有在說這句話時，視線一直看著佐瀨。

——沒關係，反正他的確去了東京。

他又看了一次錶。

真慢啊。幾秒鐘後，看到一輛熟悉的深藍色轎車從前方的十字路轉進來。開車的鈴木事務官看著他，微微低頭打招呼。後車座上有一個人影。

也許是辦完葬禮後放鬆了，島村康子無論表情還是應對的態度，看起來都有點心不在焉。她今年五十六歲，頭髮已經花白了。

「不好意思，還麻煩妳特地過來。」

佐瀨用公事化的口吻說完，低調地拿出搜索票。

鈴木神色緊張地四處張望。這恐怕是他第一次參與沒有向警方打招呼，就來嫌犯家搜索的行動。佐瀨把鈴木叫來，向他下達指示。鈴木點點頭，從懷裡摸出手機，坐進車中。

佐瀨戴上白手套，接過康子交給他的鑰匙，打開玄關的門，走進梶的住家。他依次察看了每個房間。地檢廳並沒有鑑識課，所以他要找的目標是「文字紀錄」。他和跟著進來的鈴木一起找了抽屜和壁櫥，並沒有發現任何重要的東西，放在書房桌子上的書法，是第一張「文字紀錄」。

人間五十年——

鈴木偏著頭問：「什麼意思？」

「這是室町時代流行的伴唱談曲舞——幸若舞『敦盛』中的一句話。」

佐瀨拿起書法的同時回答。

「人間五十年，與天相比，如夢似幻。人生一度得生，入滅隨即當前。」

他在背誦這段內容時，產生了當年背下這段內容的學生時代不曾有過的感慨。也許自己也到了這個年紀，對當時正值青春年華的佐瀨來說，思考人生的虛幻就像是對成熟的一種渴望。

——他什麼時候寫的？

人間五十年。梶今年四十九歲，他發覺兩者似乎相近，但要找的應該是其他東西。記事本、通訊錄、交換的名片、書信類……他和鈴木一起翻遍所有房間，但這裡完全沒有任何普通家庭應該有的東西。

「被擺了一道。」

「你是說縣警嗎？」

「不然還有誰？」

「但是，扣押品清單上並沒有列出這些東西。」

「你偶爾也該長點心眼。」

縣警此刻一定在積極調查秘密扣押的記事本之類的文字紀錄，試圖查明梶前往東京的目的。

佐瀨不由得更加著急起來。

時間越久，形勢就越不利。原本打算等一下回地檢廳，讓島村康子以關係人的身分接受訊問，但同時縣警也會分秒必爭建起雙重、三重的護城河。

佐瀨覺得必須現在立刻闖入大本營，打亂縣警陣腳。

雖然今天的搜索沒有找到任何足以撼動縣警的線索，但「搜索」本身就可以成為擾亂縣警的素材。

「先暫緩訊問。」

他對鈴木咬耳朵說，但他有一個問題想要問康子，於是轉頭面向她。

「妳已經辦理了將郵件轉寄到妳家的手續吧？」

他剛才指示鈴木向郵局確認這件事。

「是……」

「是梶拜託妳的嗎？」

「對，他去自首之前打電話給我。」

「沒想到妳竟然會同意。」

對康子來說，梶是殺害她妹妹的凶手。

康子眨眨眼睛說：「我並不會恨他……啟子的確很可憐，但如果她繼續活下去，一定會更加可憐……」

「我瞭解妳的心情。」

佐瀨等康子用手帕擦去眼淚後，又問了第二個問題。

「梶在等某個人的信嗎？」

康子臉色大變。

「他是不是指名了某個人，要妳在收到那個人的信之後，在面會時告訴他——他是不是這樣交代妳？」

佐瀨的猜測似乎並沒有錯。雖然康子回答「他並沒有交代任何事」，但說話的聲音發抖，而且小聲得幾乎聽不到。

——之後再詳細問清楚。

佐瀨向康子行了一禮，和鈴木一起走出梶家。

門口停了一輛黑頭車，車身後方豎了好幾根天線……剛才進來時，並沒有看到這輛車子。黑頭車後車座的車窗迅速降下。

「嗨！有沒有發現什麼？」

原來是縣警搜查一課重案指導官志木和正。

鈴木「啊」了一聲想要逃走。

「你這是……在監視嗎？」佐瀨低聲問道。

志木冷笑一聲說：「只是剛好路過罷了。」

佐瀨也冷笑回應。雖然志木已經離開這個案子，他仍然無法把梶的事件拋在腦後。佐瀨很瞭解志木，知道他就是這種人。

「刑事部好像被用過就丟了。」

「隨便你怎麼說。」

志木似乎無意下車，在昏暗的車內注視著他。

「你昨天好像一直在找我。」

「我有事想要問你。」

「你別太天真了，我可是縣警的人。」

「你的意思是，如果我不讓你好過，你也不會讓我好過嗎？」

「這就不知道了，倒是你昨天很早就睡了。」

聽志木這麼問，佐瀨立刻想到昨晚的確有人按門鈴。原本以為是記者，沒想到是志木。

佐瀨注視著志木的雙眼。他來找自己幹什麼？

志木直視著佐瀨說：「有沒有看到書房的書法？」

「嗯，看到了。」

「你要把事情鬧大沒問題，但不要忘記事件本身。」

佐瀨覺得志木看透自己的心思。目前內心有九成是基於檢察官的意氣和面子。

「那當然，我就是為了這個目的把事情鬧大。」

「那就好，要讓梶聰一郎活久一點。」

「嗯？什麼意思？」

「梶打算活到五十歲就自我了斷。」

——竟然有這種事？

人間五十年。所以那是他的遺書嗎？

「為什麼？他為什麼要在五十歲時結束生命？」

「不知道，所以才拜託你，我已經無法再偵訊梶了。」

佐瀨瞭解了志木的想法。他昨天晚上上門，就是為了這件事，還故意留下書房的書法，為了留給佐瀨。

佐瀨說出心裡話。

「偵訊之後發現，他為了別人而活，不可能死。」

「我們見解不同……」志木嘀咕著，然後命令司機：「開車。」

佐瀨帶著複雜的想法目送車子遠去。

這是把接力棒交到自己手上嗎？

梶內心死意已堅。果真如此的話，查明筆錄的捏造問題不僅是檢方的意氣之爭，更關係到一條人命。

佐瀨坐上車。

「去縣警總部。」

鈴木沒有吭氣，停頓一下，將車駛離。

直攻大本營。

佐瀨內心沸騰的熱血和極度的寧靜相安無事地並存著。

7

人在自己的地盤內，看起來就很從容不迫。

縣警總部的辦公室是統率縣內所有轄區的「指揮中心」，比地檢廳更有公家機關的味道。伊予警務部長盛氣凌人地迎接佐瀨。他顯然已經聽了員警的報告，浮腫的臉上盡是嫌惡。

佐瀨直接進入重點。

「我先聲明，梶的羈押不可能只有十天。」

「喔……為什麼？」

「因為這起事件很複雜。」

「怎麼可能？不就是單純的受囑託殺人嗎？」

「有人把複雜的事件簡單化，事情就是這樣。」

伊予狠狠瞪了佐瀨一眼。

——先發制人。

「我對縣警有幾個要求。」

「什麼要求？」

「首先，請讓我查閱W中央分局拘留人出入簿。」

那是記錄嫌犯離開和回到拘留室時間的記錄簿。

伊予一臉意外。

「喔？為什麼？」

「我懷疑曾經在梶還未吃早餐時就開始偵訊。」

「簡直就像是律師說的話。」伊予發出笑聲後裝傻，「呃，出入簿嗎？我要問一下刑事部，才能回答能不能讓你查閱。」

「請不要開玩笑，拘留室是警務部管轄的部門，請你立刻向中央分局下達命令，讓他們送過來。」

「你不要強人所難，還是要徵求一下刑事部的意見，你應該知道，即使是相同的組織，想法也可能會有一百八十度不同。」

聽他說話的語氣，簡直就像是在暗指刑事部在隱瞞真相。這樣無法解決問題。如果他繼續在這裡顧左右而言他，出入簿上的時間可能遭到篡改。

——只能直球對決了。

佐瀨大動作地抱著雙臂，注視著眼前那張「自保的臉」。

「我剛才去搜索了梶聰一郎的住家。」

伊予瞪大眼睛。

「沒有向我們打一聲招呼？」

「我認為沒必要打招呼。檢察官原本就有搜索權。」

「但如此一來，雙方的信賴關係——」

佐瀨打斷他的話，繼續說道：「我還準備搜索另一個地方。」

伊予愣在那裡，可以聽到他吞口水的聲音。

「那是……哪裡？」

兩個人互瞪著，伊予先移開視線。

「好吧。」

伊予嘆了一口氣，伸手拿起辦公桌上的電話。他打去中央分局，指示他們將出入簿送去地檢廳佐瀨檢察官的辦公室。

佐瀨乘勝追擊。

「也請交出在梶的住家扣押的記事本和通訊錄。」

「記事本？你是說警察證所附的手冊嗎？」

「他應該有私人的記事本。」

「我沒有聽說有私人的記事本。」

「那通訊錄和名片呢？他家裡完全沒有任何書信，無論怎麼想都太奇怪了。」

「他既然殺了自己的老婆，可能精神有點問題。」

——這傢伙！

他根本不顧下屬的死活。不，他不是真心想要保護縣警，只是被警察廳暫時派來這裡，他只希望在回到警察廳的這段期間不犯大錯。

佐瀨的耳邊突然響起志木的聲音。

要讓梶聰一郎活久一點。

佐瀨覺得背後被推了一把，向桌子探出身體說：

「那就交出所有的扣押品，我有義務讓整起事件真相大白。」

「我沒辦法拿出不存在的東西。」

伊予似乎豁出去了，佐瀨粗聲粗氣地說：「那我就去搜索教育課。」

兩人怒目相向。

「你這是在威脅嗎？」

「我可沒這個意思。」

「你為什麼要找麻煩？難道你跟警察有私仇嗎？」

「是你在找我麻煩，竟然要我吞下那種捏造的供詞，不要欺人太甚！」

這時，門打開一條縫，一個男人探頭進來。就是長得像木偶的栗田。他把食指豎在嘴唇上。

他臉色鐵青，小聲地說：「記者……有記者在這裡。」

門外是警務課的辦公室。

幾秒的寂靜。

從栗田的表情可以發現記者離開了。

伊予把栗田叫住了。「是哪一家報社？」

「東洋。」

「他聽到了嗎？」

「不知道。記者正在課長的辦公桌前閒聊，然後就聽到部長室傳出大吼的聲音……」

伊予瞪著佐瀨。「請回吧。」

「……」

「你應該瞭解，我們目前正——」

伊予沒有繼續說下去，然後對栗田說，他要去總部長室，就自顧自站起來。

「我改天再來拜訪。」

佐瀨也起身。此行有收穫。可以說，撼動縣警有了相當的效果。

——接下來才是關鍵。

佐瀨抬頭挺胸，帶著衝破敵營的心情走出警務課的辦公室。

8

回到地檢廳，副檢察長桑島立刻找他。佐瀨還沒回來時，伊予就已經打電話來了。

「王八蛋！我的臉都被你丟光了！」

桑島劈頭就對他破口大罵。

「你不要把特搜部的那一套帶來這裡！你知道你為了自己當英雄，給其他人帶來多大的困擾嗎！」

佐瀨並沒有被嚇倒。

「我不能對縣警失控視而不見。」

「是你失控了吧！」

我已經徵求過檢察長的同意。這句話已經到了喉頭，但一旦說出口，很可能變成火上澆油。

「你說警察集體捏造筆錄嗎？你有證據嗎？有證據的話，拿出來給我看！」

「我很快就可以拿給你看。」

佐瀨忍不住反駁。既然已經激怒桑島，如果無法說服他，他一定會插手干涉日後的偵查工作。

——等著吧。

佐瀨衝下樓梯的同時看著手錶。W中央分局應該已經把拘留人出入簿送到了。

他一走進辦公室，馬上看到桌上黑色封面的裝訂簿。

太好了。

佐瀨立刻翻開出入簿。找到了。十二月八日。梶聰一郎……

「AM7:32」——他懷疑自己看錯了。梶離開拘留室的時間竟然是早餐時間後的七點三十二分。他瞪大眼睛仔細看，沒有發現篡改的痕跡。

怎麼可能？

隱隱的刺痛立刻傳遍全身。

原來是這麼一回事。警方未雨綢繆，一開始就記錄了虛假不實的時間。自己真是太大意了。

佐瀨雙手抓住裝訂簿，用力摔在桌上。

——我要好好教訓你們！

「鈴木！去地院申請搜索縣警總部的搜索令！」

鈴木沒有回答。

佐瀨抬起頭，鈴木在自己的辦公桌前低著頭。

「怎麼了？趕快去啊！」

鈴木嘀嘀咕咕說著什麼。
「你說什麼？」
「我不要……」
佐瀨一時無法理解這句話。
不要……
鈴木低著頭說。
「長官不是也反對嗎？你的做法太強勢了，我不認為這次的事件值得和警方對著幹。」
「你懂什麼！」
「你又懂什麼！」
鈴木大叫，雙眼露出咄咄逼人的眼神，看著佐瀨。
「我才不要和你一起去送死。你們是通過司法考試的菁英，當然不用怕，為了意氣，為了自尊心可以亂來一通……即使失敗了，或是心生厭倦，就可以辭職不幹，然後加入以前不屑一顧的律師行列，變得和藹可親，大賺特賺，但是我們不一樣，沒辦法改行，沒辦法像你們一樣一輩子不愁沒飯吃。」
佐瀨說不出話，他完全沒有真實感。
「不光是檢察體系內部的事，警方只要一通電話，就可以打到全國各地。無論我以後調去哪裡，都會被人說是曾經去搜索警方的事務官，一輩子都必須帶著這種烙印工作。你能夠體會嗎？你根本不懂。我也曾經參加過司法考試，一次又一次——」

「夠了……」

佐瀨仰頭看著天花板。

「我自己去申請搜索令，然後從今天開始，找藤原書記官來接手你的工作。藤原先生明年就退休了，他應該願意接。」

鈴木的眼神失去了前一刻的強勢。

「我不是只為了自尊心和意氣在辦這起案子。」

佐瀨沒有繼續說下去。

兒子是正義的使者，我希望可以認為他繼承了我的血脈。

「我去地方法院。」

正當他轉過身時，桌上的電話響起。

他有某種預感。從目前的狀況來看，是好消息的可能性很低。

打電話來的是岩國檢察長。

佐瀨激動地說：「檢察長，我要亮出王牌了。」

「先稍安勿躁。」

佐瀨覺得眼前的一切扭曲起來。

「為……為什麼？」

岩國的聲音難掩慌亂。「區檢的主任被警察逮捕了。」

區檢的主任……那個涉嫌侵佔公款的出納主任嗎？

「他在自行車賽車場內順手牽羊。他似乎欠了不少債務，即使侵佔罰款也無法填補財務缺口。我要為這件事去和縣警總部長見面，搜索的事取消，知道嗎？」

岩國掛上電話後，佐瀨仍然握著話筒。

區檢主任並不是因侵佔罰款遭到逮捕，但是，萬一在警方長時間偵訊後，他連盜領公款的事也和盤托出——

地檢廳內部發生的事件會落入縣警手中。絕對不能讓如此屈辱的事情發生。

「我要為這件事去和縣警總部長見面。」

條件交換——

他的腦海中浮現出這幾個字。

他突然忍不住搖晃起來。

——太荒唐了……

佐瀨雙手撐在辦公桌上，無力地垂下腦袋，覺得意氣和自尊心在腦中粉碎。

眼前浮現梶聰一郎的臉。

他那雙清澈的眼睛靜靜地注視著自己。

佐瀨低著頭，一動不動。隱隱的刺痛已經侵蝕了內臟。

中尾洋平之章

1

「震央」就在警務部長室。

他並沒有偷聽，只是突然聽到警務部長室傳出咆哮聲，外頭警務課辦公室都聽得一清二楚。

中尾洋平憑著記者的本能，立刻做出反應。他沒有深思，立刻將前一刻聽到的「兩個人的對話」記在腦海中的記事本內。

——捏造的供詞？

幾秒之後，他才開始感到驚訝。

警務課內凝結的氣氛代表這件事非同小可。身旁的久本課長嚇得魂飛魄散，一動也不敢動。有記者在這裡。課長輔佐栗田跑去部長室時，只把腦袋探進去，以不自然的動作僵在門口。坐在不遠處的調查官笹岡露出試探的眼神看著中尾。你聽到了嗎？不，他雙目射出陰狠的眼光，似乎在示意他忘了剛才聽到的內容。

「我改天再來。」

中尾起身，折起剛才坐的鐵管椅放到牆邊，向久本輕輕點頭後，走向警務課的門口。

目前是下午兩點多。中午時間沒有什麼可以採訪的事，他打算趁有空的時間，來打聽一下縣警改革組織架構的初步計畫，所以跑來二樓警務課轉一下，沒想到撈到大魚。

中尾來到走廊上，走下樓梯，進入了一樓的記者室。一臉若無其事地穿越其他報社記者聚集的空間，推開《東洋新聞》小房間的門。他的右手已經握著原子筆，左手從長褲後方的口袋裡拿出記事本。

他急急忙忙地把記在腦海中的對話寫在記事本上。

「難道你跟警察有私仇嗎？」

那是伊予警務部長的聲音，對方立刻吼回去。

「是你在找我麻煩，竟然要我吞下那種捏造的供詞，不要欺人太甚！」

那是誰的聲音？

他的腦海中浮現某個臉孔和名字。

中尾把記事本塞進口袋，走出小房間。懶洋洋地轉動著脖子，一出了記者室，立刻在走廊上開跑。他從後門跑出了縣警總部的大樓，頂著寒風，跑向自己停在媒體記者專用停車場的車子，然後上了車，隔著左側的車窗，目不轉睛地看著後門。

不到三分鐘。

一個身穿風衣，一臉凝重表情的高大男人從後門出來。整個人散發出的感覺和警察明顯不同。往後梳的頭髮三七分，五官輪廓很深的黝黑臉龐正是中尾原本猜想的那張臉。他是W地檢廳的三席檢察官佐瀨銛男。

中尾再度感受著驚訝和幸運。

這件事非同小可。之前在東京地檢特搜部任職的耿直檢察官，竟然恫嚇W縣警內一人之下，眾人之上的伊予警務部長。

他們兩個人顯然是為了目前震撼整個縣警的「現職警部殺妻案」發生衝突。伊予在這起事件上，是面對媒體的中心人物，佐瀨是偵辦這起事件的檢察官。

中尾很容易猜到「捏造的供詞」是指什麼。

縣警教育課副課長梶聰一郎在十二月四日晚上扼殺了罹患阿茲海默症的妻子，並在七日早上向警方自首，但他五日和六日這兩天的行蹤不明。梶在「空白的兩天」內做了什麼，又在想什麼，立刻成為報社和電視台各家媒體追逐的焦點。

縣警始終逃避這個問題。總部長加賀美每次召開記者會時都一再重申「目前正在全力追查」，但從他為難的態度來看，中尾猜想梶拒絕回答五日和六日這兩天的行蹤。地方上十分權威的《縣民時報》在昨天的早報中報導了獨家新聞——「六日早晨，有人看到梶出現在K車站往東京方向的新幹線月台上。」如果這篇報導的內容屬實，就代表梶把妻子的屍體留在家裡前往東京。他到底去了哪裡？又有什麼目的？

這篇報導在媒體引起軒然大波，但《縣民時報》出刊的短短三個小時後，各家媒體都被潑了一盆冷水。因為縣警緊急召開記者會。加賀美在記者會上首先證實梶已經被移送地檢廳，並公布關於「空白的兩天」這個問題，梶供稱「在縣內東轉西晃，想要找一個地方結束生命」。六日早上梶的確曾經去了K車站，當時想要去遠方自我了斷，但不忍心丟下妻子，最後沒有搭乘新幹線，漫無目的在街頭亂逛，當他回過神時，發現回到家裡——加賀美當時露出鬆口氣的笑容，讀著新聞稿。

雖然眾多記者心存疑問，但還是將記者會的內容寫成報導，刊登在當天的晚報上。在縣內東轉西晃，想要找地方自盡——梶的供詞聽起來很假，但是當加賀美自信滿滿地說事實就是如此時，就覺得這樣的供詞也頗有說服力。所有的記者都認識梶聰一郎，也曾經和他交談過。他溫文儒雅，凡事考慮周到，看起來像是文人，很不像是警察，這是記者們對梶這個人的評價，因此起初聽到他把妻子的屍體丟在家中，自己跑去東京的消息，都覺得難以接受。

其實也不必說得這麼冠冕堂皇，記者之所以接受縣警公布的消息，還有另一個原因。那就是《縣民時報》的獨家新聞太震撼，讓其他報社的記者都慌了手腳，被長官大罵一頓。縣警公布的消息等於在說《縣民時報》的獨家是烏龍爆料。雖然梶承認有去K車站，但徹底推翻那篇報導的核心部分——「顯然到東京去」的推論。除了《縣民時報》以外，所有記者都帶著愉快的心情寫下後續報導。中尾也不例外，在否定

「時報推論」時，內心很暢快。沒想到……

「竟然要我吞下那種捏造的供詞！」

那句話十之八九，不，百分之百就在說「空白的兩天時間」。佐瀨認定警方為梶做的筆錄是捏造。雖然在司法上，檢察機關是警察機關的上級單位，但很少有檢察官會衝到縣警總部大罵高考組的部長。顯然佐瀨很有把握，已經掌握到可以斷定筆錄造假的證據。

果真如此的話，梶確實去了東京嗎？縣警已經查明他去東京的目的，由於這個目的會引發輿論抨擊，所以捏造了不實供詞的筆錄移送檢方。是不是這樣？

中尾陷入思考，眼前突然浮現了梶聰一郎的臉。那是曾經在教育課的辦公桌前多次看到的、露出溫和笑容的臉。

中尾感到內心隱隱作痛。

這等於是舊事重提，老調重彈。雖然之前基於警方公布的消息，否定了梶曾經去東京這件事，但如果自己掌握比《縣民時報》更勁爆的消息，情況當然不一樣。梶曾經前往東京的消息，將再次出現在發行量為八百萬份的《東洋新聞》上。沒有人會相信他去東京是想尋死這種藉口，梶這次將成為棄妻子屍體不顧的無情警察，留在全國民眾的記憶中。

如果事實就是如此，那也無可奈何。但問題在於他為什麼要去東京？

漸漸萌芽的思考被內心的激動吞噬了。

縣警和地檢廳的對立——

中尾目前握有比梶去東京一事更大的獨家。縣警為了保護組織整體，捏造假筆錄。地檢廳的檢察官識破此事，向縣警挑戰。這是千載難逢的題材。兩大偵查機關在檯面下針鋒相對的暗鬥，正是讓其他報社記者閉嘴的「大獨家」。

——還是報告一下重點好了。

中尾從懷裡拿出了手機。

他用快速撥號撥了報社分社的電話，聽到鈴聲後，立刻掛斷電話。因為他想起總編輯片桐曾經交代，今天要去出差，晚上才會回來。

目前在報社分社內的是「從頭管到腳」的副總編設樂。這個人神經質簡直到了病態的程度，在下達指示時鉅細靡遺，大家都這麼揶揄他。

中尾心情不由得憂鬱起來。

一個月前，那天片桐一樣剛好出差，不在辦公室，中尾在走廊上恰巧聽到設樂那句帶刺傷人的話，一直讓他耿耿於懷。

「傭兵終究只是傭兵。」

那次他無意偷聽，而是回到報社時，剛好聽到裡面傳來這句話。「傭兵」的發音剛好和他的名字「洋平」相同，起初他還以為在說自己，但後來才知道不是這麼一回事。他從分社的打字員栗林繪美口中得知，「傭兵」是暗指那些中途進報社的人。

中尾下了車，走進縣警總部的大樓。

《東洋新聞》在記者室內的小房間很狹小，堆滿數量龐大的剪貼簿和資料，山邊和小島正在用電腦整理一些不起眼的事件和事故。他們是今年春天才剛進報社的菜鳥記者，用設樂的話來說，就是通過總公司新進人員錄用考試的「正規軍」。

戴著眼鏡的山邊抬起頭說：「主任——剛才警務部的伊予部長打電話找你。」

「這樣啊，他說什麼？」

「他沒說找你有什麼事，但希望你去部長室一下。」

「知道了。」

——這麼快就主動找上門了嗎？

他知道伊予在想什麼。伊予一定想要試探，中尾剛才有沒有聽到他們大聲咆哮的內容。真是天助我也，那就趁這個機會探一下對方的內情。

正當他這麼想的時候，眼前的電話響了。

他以為會聽到伊予諂媚的說話聲，沒想到傳入耳朵的是熟悉的高亢聲音。是副總編設樂打來的。

「喂？怎麼樣？今天有沒有什麼好消息？」

中尾只花了短短幾秒就下定決心，他回答說：「不，目前並沒有什麼大新聞。」

2

W縣警總部大樓的樓梯昏暗得有點令人發毛，而且有一股霉味。

中尾經過二樓，直奔五樓。他打算去見伊予之前，先去試探刑事部長岩村。去部長室時，必須經過搜查一課的辦公室，讓他有點卻步。兩個星期前，他獨家報導了一課正在秘密偵查的女童連續強暴事件之後，和搜查一課的關係變很緊張。

小此木課長和東山副課長都在辦公室內，兩個人都板著臉，眼神很銳利，好像在說：你還有什麼臉來這裡？

「請問部長在嗎？」

「不知道。」

小此木冷冷地說，中尾不以為意，敲敲部長的門。東山不耐煩地「喂」了一聲，但門內同時傳來「請進」的聲音。

他走進部長室時，聽到身後傳來咂嘴的聲音。

岩村正坐在辦公桌前看資料，發現進來的是中尾後，閃過一絲詫異，但隨即收起，請他到沙發坐。

「今天有什麼事嗎？」岩村說話的語氣很平靜。

「那個女童強暴犯怎麼了？」他最先問了難以啟齒的話題。

「如果我把消息透露給你，會被下屬罵。」

岩村用平靜的口吻，四兩撥千斤地避開了這個問題。

中尾今年三十二歲，岩村的年紀將近是他的兩倍，他在案發現場打滾的歲月超過中尾的年紀，當然不可能把內心的想法寫在臉上，但顯然對中尾把警方正在秘密偵查的案子曝光感到不快。

那則獨家新聞也是偶然的產物。

他之前就曾經聽說郊區的駐在所[3]有一位很知名的巡查長，如今已經進入了電腦的時代，這位巡查長仍然用鋼板刻印的方式，每個月發行兩次『駐在所消息』，送給附近的居民。這種故事剛好用來湊星期天的版面，於是他帶著輕鬆的心情，在其他採訪工作結束之後，去了那個駐在所。巡查長看到記者上門很激動，急忙拿出剛印好的『駐在所消息』給他。

中尾在那份最新的『駐在所消息』上，看到了「注意色狼！」「色狼會撬開門鎖，闖進屋內」的內容。

即將退休的駐在所員警沒什麼保密義務的觀念，對中尾有問必答，說出連續發生

---

[3] 派出所主要設在城市，由數位員警輪流執勤。駐在所原則上是由一名員警進行勤務，並與其家人一起居住。

兩起小學女童被攻擊的案件。兩名女童都是在放學後，獨自在家時遭到攻擊。雖然家裡鎖了門，但歹徒撬門而入。巡查長並沒有明確說明歹徒具體對兩名女童做了什麼，但中尾從他嚴肅的表情中猜到，那不是普通的色狼，而是對兩名女童做出幾乎是強暴的行為。

中尾立刻開始在周圍打聽，也去了其他派出所和駐在所，得知在該市的東部地區，總共有八名女童受害。應該是同一歹徒所為，歹徒每次都用撬鎖的方式溜進屋，用玩具手銬銬住女童後施暴。幾天之後，中尾發現總部搜查一課秘密展開偵查。由於歹徒連續犯案，再加上手法凶殘，因此由專門偵辦強盜和殺人的重案股投入這起事件的調查。

他告訴一課的小此木課長，說會寫這則新聞。小此木立刻火冒三丈，叫他絕對不能寫。目前還沒有抓到歹徒，一旦媒體報導，歹徒可能會逃之夭夭，也可能自殺。小此木質問他，到時候他有辦法扛起責任嗎？

岩村部長拜託他，是否能夠稍晚再報導這件事，同時暗示他，等到查明歹徒，將歹徒緝捕歸案時，一定會給他獨家新聞。中尾有點動心。不用說，搶先報導凶手當然是更大的獨家新聞，只不過這是和岩村在密室中的約定，無法保證岩村會遵守約定。不，這樣的約定是否成立也是未知數。於是，他決定報導這則新聞。而且他認為自己有正當的理由，如果繼續隱瞞這件事，可能會出現第九個、第十個被害人。

女童連續強暴事件。這個大獨家並不只是刊登在地方版，更成為全國版的社會版頭條。中尾因此領到了獎金，和其他報社記者充滿嫌惡眼神的祝福。然而——

一課對他強行報導所產生的反彈超乎他的想像。

他和一課之間的關係至今仍然沒有修復，無論去哪一名刑警的宿舍找人，都會吃閉門羹。只有岩村和管理重案股的志木指導官會接待他，但完全不回答有關強暴犯的任何問題，中尾因此對連續強暴事件的後續發展一無所知。在記者俱樂部內的數十名記者中，原本只有他看到的事件和偵查的動向，但在寫成獨家報導之後，就被推入黑暗中，什麼都看不到了。

挖到獨家新聞的喜悅在轉眼之間就變成過眼雲煙，只有不安在內心不斷累積。偵查一定有所進展，其他報社的記者在追強暴犯的新聞，被中尾搶走獨家的氣憤成為他們的原動力，於是卯足全力四處採訪，自己遲早會被別人超越。這兩個星期以來，中尾飽嘗這種恐懼和焦慮，一刻都不得安寧。

然而，中尾如今掌握了足以消除這種不安的大獨家。即使其他報社的記者搶先報導有關強暴犯的新聞，自己仍然可以用更強烈的一擊來「報復」。

中尾輕輕吸了一口氣。

「地檢廳似乎在生氣？」

岩村的眼神飄忽了一下問：「你在說什麼？」

「就是梶警部的案子，地檢廳似乎並不接受他東轉西晃尋死的說法。」

岩村的眼神再度飄忽起來。

「我第一次聽說。」

「但是——」

「我說中尾啊，」岩村打斷他，「你就放過梶吧。」

「我沒辦法放過他啊，他是不是去了東京？」

岩村沒有說話。

「他去東京的目的是什麼？」中尾探出身體說：「縣警已經查明了目的，只是無法公諸於世，所以就把偽造的筆錄送去地檢，是不是這樣？」

「我不知道。」岩村說著，狠狠瞪著中尾。「那我反過來問你，你說的無法公諸於世的內容又是指什麼？」

中尾沒想過這個問題。不，在「空白的兩天」這件事浮上檯面之後，他曾經思考過很多次，但想不到任何具體的內容。

「我不知道，但我認為既然警方試圖隱瞞，想必是什麼不正當行為。」

「警方並沒有隱瞞任何事。」

「既然這樣，地檢為什麼會生氣？」

岩村在短暫沉默後問：

「你認為梶聰一郎會做什麼無法公諸於世的不正當行為嗎？」

中尾的腦海中浮現了那張溫和的笑臉。

「……這我也不知道。」

「絕對不可能。他殺了他太太，一心只想死，這種想法至今仍然沒有改變。」

「但是，梶警部……」

事實就是他沒有死，不是來自首了嗎？雖然話已經到了喉頭，但中尾還是吞下。

岩村的眼神很不尋常。他的眼神帶著憤怒，和深深的哀傷。

中尾被岩村震懾住，有點不知所措。岩村說的話，並非只是為了保護縣警。他知道梶去東京的目的，而且知道他並沒有任何不正當的行為。

不……如果是這樣，就不合邏輯了。如果並非不正當行為，根本沒必要向地檢說謊。

「部長。」

中尾雖然尚未理清頭緒，但還是開口。這時，辦公桌上的電話響了。

「不好意思。」岩村小聲打完招呼後起身。

中尾剛好可以趁這段時間思考。為什麼？既然知道並非不正當的行為，為什麼把假供詞丟給地檢？

中尾突然恍然大悟。

他想起一件事。他之前就猜到梶對「空白的兩天時間」保持緘默，所以，梶去東京的目的雖然在世人眼中並非不正當行為，但他本人並不想公諸於世。原來是這樣。但是，姑且不論岩村，向來明哲保身的伊予警務部長，會為了保守梶私人的秘密，和地檢起衝突嗎？

不可能。當中尾得出這樣的結論時，聽到岩村低聲說話的聲音。

——所以呢？檢查的結果怎麼樣？

中尾偷瞄了坐在辦公桌前的岩村。岩村眉頭深鎖。之前他在縣警的公關室聽說，岩村剛讀小學的孫女似乎得了什麼重大疾病，住進W醫大。

中尾慌忙站起來，向岩村點頭打招呼後轉身離去。岩村在背後叫住他。

「中尾。」

中尾轉過頭，看到岩村按住電話，以深邃的眼神看著他說：

「雖然記者有報導的自由，但你不要忘記，你的筆決定了人的生死。」

中尾沉默地走出岩村的辦公室。

不要殺了梶聰一郎。

他覺得這就是岩村的言外之意。

3

二樓警務課內，久本課長和其他人都擠出令人有點發毛的笑容，就連剛才對中尾露出威脅眼神的笹岡調查官，也好像戴上微笑假面。

中尾立刻被請進了部長室。

「啊呀，不好意思，還特地把你找來。來，坐吧坐吧，我請他們幫你倒好喝的咖啡。」

伊予警務部長的熱情款待，簡直就像是三流演員在賣力演出。

中尾向他點個頭後，在沙發上坐下。他打算先看對方如何出手。

「中尾，聽說你剛才去找課長採訪縣警改革組織架構的事？」

「嗯，是的。」

「明年春天會讓人耳目一新，我們打算成立女子機動隊，但並不是常駐在總部，而是把她們安排在總部周圍的分局，有需要時就可以隨時集合，有皇室人員來訪時就可以發揮作用。現在男女平權，女警也會全力以赴。」

伊予滔滔不絕，但在說話時，用警戒的眼神觀察著中尾。

「除此以外，還打算稍微調整刑事部，先要讓庶務部門獨立出來。」

雖然這些事並不需要隱瞞，但警察向來擅長把根本不是秘密的事當作秘密，現在離新年還有一段時間，就向記者透露明年春天改革組織架構的事，顯然打算用這種小恩小惠籠絡中尾。

中尾心不在焉地記錄著，等著刑事部長岩村打電話來這裡。梶聰一郎的事件是現職警察的犯罪事件，刑事部和警務部會保持密切聯絡，共同因應這起事件。他剛才去刑事部試探了口風，所以猜想岩村會把這件事告訴伊予。

伊予喋喋不休地說完時，辦公桌上的電話仍然沒有響。難道岩村還在和家人打電話嗎？他孫女的情況不理想嗎？不，也許岩村根本不打算和伊予聯絡，中尾隱約察覺到，刑事部和警務部之間的關係並不融洽。

不知道伊予接到岩村打來的電話時，會表現出怎樣的態度？觀察伊予的反應也是中尾的目的之一，但顯然無法如願。

「部長，」中尾闔起記事本問：「地檢廳似乎很生氣？」

伊予滿臉橫肉的臉一下子變紅。

「那是因為——我們交情很不錯，會深入聊很多事。」

難以想像他事先想好的藉口這麼幼稚拙劣。

「佐瀨檢察官不是大聲質問，縣警要他吞下那種捏造的供詞嗎？」

「他並沒有這麼說！」伊予突然暴怒，肥胖的身體微微前傾，瞪著中尾。

「他說了，我很確定。」
「你這傢伙該不會打算用偷聽的內容寫報導吧？」
中尾立刻感到渾身的血液循環加速。
「你憑什麼叫我『這傢伙』？而且，我哪裡有偷聽？是這些話傳進我的耳朵。」
「反正就是沒有聽清楚，又不正確的傳聞。」
「不是傳聞，是我親耳聽到的，而且還記了筆記。」
伊予露出憤怒的眼神低頭看著中尾手上的記事本。
「都一樣，總之，如果你把偷聽到的事寫成報導，那你就完蛋了。」
中尾覺得這句話很奇怪。
「什麼叫我完蛋了？」
伊予看著窗外。
「東洋新聞的阿久津是我在T大的學弟。」
他雙腳一蹬，站了起來。
中尾走下樓梯時忍不住火冒三丈。阿久津。他似乎在名冊上看過這個人似乎是報社的高層。
——王八蛋！想要用這種事來威脅我嗎？
正當他在內心咒罵時，放在懷裡的手機震動起來，他忍不住用凶巴巴的聲音接起了電話。

「喂，幹嘛這麼生氣？」

打電話來的是東京總社的宮內。

「不好意思，剛才遇到一個莫名其妙的傢伙。」

「哈哈，到處都有莫名其妙的傢伙。」

宮內比中尾大三、四歲，兩個人都在四年前轉職到《東洋新聞》，也就是同屆進入報社，再加上他們原本都在中部的地方報任職，有時候會打電話聊聊近況。

但這是宮內第一次在白天打電話給他。

「今天找我有什麼事？」

中尾在說話時，轉過了身。他本已來到記者室門口，隱約的不安讓他決定轉身離開。

宮內突然壓低聲音說：「你正在追那起條子殺妻案吧？」

中尾忍不住挺直身體。「對啊，當然啊。」

「晚報上提到的行蹤不明的那兩天，他搞不好是去了新宿。」

「等、等一下。」

中尾衝出後門，跑向車子。他內心激動不已。中尾以前在以經濟新聞為主的地方報紙任職，而宮內在綜合性的地方報任職時，是很有才幹的記者，經常和大報競爭。

宮內轉職到《東洋新聞》後，也和年輕記者一起跑警視廳的新聞。這位能幹的警政記者帶來了有關梶事件的消息。

「讓你久等了，你說吧。」

中尾在車上拚命喘著氣。

「呃，那個、你們不叫管理官，你們縣警那裡，負責總部重案股的人叫什麼？」

「指導官，重案指導官。」

中尾的腦海中浮現出志木和正骨感的臉。

「就是他了，你們的指導官和新宿的代理課長是警大的同學——」

中尾立刻記錄在記事本上。

志木和新宿分局刑事一課的諸積在升警部時，曾經一起在中野的警察大學接受警部任用科課程的幹部培訓，建立了深厚的交情。幾天前，志木為了梶聰一郎的事打電話給諸積，說梶在「空白的兩天」中的第二天，也就是十二月六日去新宿歌舞伎町的可能性相當高，請諸積幫忙留意一下。

中尾記錄的手在發抖。

梶去了新宿歌舞伎町。

原來如此，難怪縣警要隱瞞梶前往東京的事。

歌舞伎町——東京以外的人聽到這個地名，最先會想到性產業。現職的警察親手殺了妻子後，把屍體丟在家裡，自己跑去歌舞伎町，一旦這樣的風聲傳出，會造成極大的負面影響。

幫忙留意一下。志木這麼拜託諸積。也就是說，志木並不知道梶去了歌舞伎町的哪裡，也不知道他為何而去。縣警光是聽到歌舞伎町就心生畏懼，所以才把「在縣內東轉西晃，想要找地方一死了之」的假筆錄送去地檢。

「但是我問了諸積之後，他竟然否認，說並沒有接到這樣的聯絡。」

「啊？」

「這是我在歌舞伎町的派出所打聽到的消息。」

「派出所……所以那個姓諸積的人交代派出所留意嗎？」

「沒錯，反正我最近會去找諸積好好聊一聊。」

宮內準備掛電話，中尾慌忙叫住他。

「宮內，這個消息……你有沒有告訴別人？」

中尾問了之後，立刻後悔了。因為宮內這通電話不是打到報社，也不是記者室，而是直接打了中尾的手機。

「哈哈，你放心吧，我沒有告訴任何人，你就好好運用吧。」

中尾頻頻道謝後掛上電話。

太好了。

他原本只是想在心裡叫好，沒想到脫口而出。

中尾下了車，他很想再次衝進警務部長的辦公室，把寫了「歌舞伎町」的記事本亮在伊予面前。

4

回到記者室時，《縣民時報》的多多良躺在公共區域的沙發上。他四十好幾，在地方報中，算是大器晚成的主任。

「嗨，中尾，出了什麼事嗎？」

中尾愣了一下，多多良用帶著睡意的聲音繼續說道：

「我到了之後發現都沒人，我還以為發生什麼命案了。」

「今天全縣都很平靜。」

「是嗎？那好吧，我就再睡一會兒。」

多多良最近的日子也不好過。中尾報導強暴犯的獨家新聞後，被搜查一課冷眼相待，多多良也因為寫了暗示梶去東京的報導，無法再從縣警那裡得到任何有關梶事件的後續情況。他一定整天戰戰兢兢，很怕被其他報社的記者超越。更何況多多良不僅因「攻擊縣警」而受到仇視，而且他的獨家報導還被縣警否認，簡直就是禍不單行，厄運連連。

中尾能夠理解多多良親切地向他打招呼的心境，多多良一定想說，我們兩個人在獨家報導後的處境都很慘。記者之間雖然平時相互較勁，但也只有相互較勁的對手，才能真正瞭解此刻彼此的心情。除了被別人搶走獨家後會互舔傷口，一旦都因獨家新聞陷入困境，再加上彼此認同的興奮感，更容易讓心情產生共鳴。其他報社的記者自由地在刑警之間穿梭，大說特說《東洋新聞》和《縣民時報》的壞話。這種想像隨時都在腦海中閃爍，讓人自然而然變得怯弱，於是就向對方尋求短暫的「戰友」關係。

至於這種關係是否能夠成立，就取決於對方手上有沒有「料」。手上沒有任何「料」的記者很無力，也很可悲。一旦掌握「好料」，簡直就像懷裡藏了一把槍般英勇無敵。

更何況這次懷裡藏的不是手槍，而是「大砲」。中尾走過沙發旁時，對多多良產生壓倒性的優越感。

只有小島在《東洋新聞》的小房間內，正在電話採訪百貨公司促銷課的窗口。今年是三年來的第一次「寒冬」，冬季衣物和電暖器具等冬令商品的銷售熱絡。中尾指導小島寫以前他在地方報時代經常使用的題材，如果中尾今晚的獨家能夠獲得證實，小島寫的「閒暇新聞」就會被踢到一旁。

我去地檢廳。中尾把寫了這行字的便條放在小島面前，打了一通簡短的電話後，就走出小房間。他瞥了一眼多多良懶洋洋地躺在沙發上露出的鮪魚肚，走出記者室，從後門走出縣警大樓。天色昏暗，冷風吹在臉上。

從W縣警到W地檢廳走路只要三分鐘。一走到西大道上，窗戶亮著燈光的五層樓老舊大樓就立刻映入眼簾。

各家報社的記者都聚集在四樓的副檢察長室。負責和媒體打交道的桑島副檢察長每天下午四點半都會在這裡舉行簡短的記者會。

「呃，檢方今天針對梶聰一郎一案，向地方法院申請十天的羈押，法院已經同意。除此以外……並沒有需要特別報告的事。」

桑島環顧著記者的臉說道。從不耐煩的表情可以瞭解他根本不把這些年輕的記者放在眼裡。

有幾名記者針對梶的供詞提出問題。桑島說，他還沒有聽取相關報告，但又不負責任地補充說，應該和縣警調查的內容一致。

中尾站在其他報社記者的後方，觀察著桑島。

太奇怪了，桑島像往常一樣從容不迫，完全無法想像白天曾經聽到佐瀨檢察官的咆哮聲音。雖然可以用他是一隻老狐狸來解釋這種情況，但他特地暗示有關梶的供詞，「縣警和地檢一致」的意圖到底是什麼？地檢不是認定警方製作的供詞筆錄是捏造，去向縣警宣戰嗎？

記者紛紛走出副檢察長室。

中尾走在最後，看到走在他前面的女記者踏出門外後，耍了一個花招。他故意把筆掉在地上，然後蹲下來。他緩緩撿起來時，聽到走廊上傳來剛才那個女記者的腳步聲。

中尾轉身飛快地跑到桑島的辦公桌前。

「副檢察長，請教一個問題。」

桑島瞪大眼睛。「你這樣違反規定。」

中尾不理會他，繼續說道：「縣警送到地檢的是捏造的筆錄，對不對？」

桑島從椅子上跳起來。

「該、該不會，你……」他雙目圓睜，登時滿臉怒氣。「出去！我要叫警衛了！」

中尾無視他的威脅，繼續追問：「梶聰一郎去了東京，是不是？」

「沒有這種事！我叫你出去，你聽不懂嗎？」

桑島拿起電話，真的叫了警衛。

中尾向他鞠躬，走向門口。背後傳來桑島的咆哮。

「十天內禁止東洋的人再踏進這裡！」

中尾在走廊上跑起來，衝下樓梯。他聽到上樓的腳步聲。那是警衛。

他躡手躡腳地來到三樓的走廊。並不只是為了躲避警衛。三樓是檢察官的辦公室，佐瀨檢察官的辦公室在最後方——

他敲敲門，聽到門內傳來低沉的應答聲。

佐瀨不在辦公室內，檢察事務官鈴木一臉嚴肅地站起來。中尾是看到桌子上的名牌才知道他的姓氏，之前從來沒有和他聊過天。

「你是記者吧？這裡禁止記者進入。」

中尾早就知道了。在地檢廳內部，除了副檢察長室以外，記者不能踏進任何地方。檢方比警方更加權威，從高層到事務員都一樣。在這棟大樓內，沒有人意識到這棟房子地上的磁磚、日光燈，室內的辦公桌、電話、時鐘，乃至於原子筆，都來自國民的納稅錢。

鈴木走到門口說：「不行，不行，你趕快離開。」

「佐瀨檢察官呢？」

「他不在，請你離開。」

「檢察官去哪裡了？」

「他今天已經下班，你也趕快回去。」

中尾被他推到走廊上。

中尾感到很不可思議。在梶事件上，負責面對媒體的桑島強調，縣警和檢方的步調一致，但為了捏造的筆錄而向縣警嗆聲的佐瀨竟然早早就下班了。

不和諧……

縣警的刑事部和警務部之間不和，地檢內部可能也有摩擦。

他恍然大悟。

——該、該不會，你……

雖然桑島沒有繼續說下去，但他原本想說的話——

中尾猜到了他想說的話。

該不會是佐瀨告訴你的？

中尾看到警衛出現在走廊的另一頭，立刻轉身走向西側的樓梯。

5

中尾在六點之前回到報社分社。

東洋新聞W分社租用行政街角落一棟工商大樓的一、二樓，一樓是採訪部。他一進門，就在右手的茶水室看到栗林繪美。當他們視線交會時，她立刻在其他人沒有注意時，送上一個「雙眼秋波」。一個月前，她在中尾的臂彎中說「這代表雙倍的愛」之後，就變成了她的習慣動作。

總編輯片桐和副總編設樂正坐在後方的總編辦公桌前。原本聽說片桐晚上八點多才會回來，但他是公認的工作狂，一定是擔心報紙版面的事，急著趕回來。片桐的這種工作態度恐怕也讓設樂不高興，他今天又在和片桐唱反調。

「再怎麼說，也不可能拿這種新聞當縣版的頭條。」

「是嗎？經濟不景氣那麼久，冬令商品熱銷不是很出色的話題嗎？」

他們似乎在討論中尾讓小島寫的報導。

辦公室內沒什麼人。W分社共有十三名記者，現在時間還早，除了中尾以外，只有三名跑縣廳和市公所的記者回到辦公室。

中尾在位於總編辦公桌對角線上的角落座位坐下，打開筆電。他回來這裡是想要寫這份「草稿」。

佐瀨檢察官或許會開口。中尾帶著期待這麼想。不，並不只是期待這麼簡單而已。

——是你在找我麻煩，竟然要我吞下那種捏造的供詞，不要欺人太甚！

白天聽到佐瀨說話的語氣很激動，中尾決定賭一把。

他打算今天晚上早一點去「夜巡」。如果佐瀨承認說過這句話，這則新聞就可以成為明天早報的大頭條。如果「夜巡」結束之後才寫，就會趕不及早報的截稿時間，所以他利用目前的時間打完草稿。

設樂仍然在嘀嘀咕咕。

「我不知道別家的情況，我們家沒辦法用這個當頭條。」

「嗯，但是……」

「用縣廳的題材吧，有一條關於老人照護的新聞，這不是更有我們家的特色嗎？」

設樂一如往常，說話時開口閉口就是「我們家」，似乎想要表示自己很正統。

而總編片桐也是「傭兵」。

片桐今年四十七歲，設樂剛滿四十歲，但設樂進《東洋新聞》比片桐早一年。這個微妙的落差讓設樂有機可乘，導致兩人的關係變得有點複雜。

不，其實在旁人眼中，他們的關係很簡單。只是設樂自我意識過剩，片桐個性開朗，簡直有點呆頭呆腦，面對設樂接連的挖苦和找麻煩都泰然處之，似乎完全不放在心上。

這種豁達大度的態度讓中尾感到急不可待。下屬都很樂於接受片桐的坦誠和溫厚，他對採訪的指示和針對稿子提出的意見都很中肯。正因為很欣賞他，所以很想對他說，叫他拿出總編的樣子，讓副總編識相點。

中尾至今仍然無法忘記設樂說的那句話。

——傭兵終究只是傭兵。

設樂對在中尾手下做事的山邊和小島說這句話。菜鳥把副總編視為敬畏和憧憬的對象，不知道他們被副總編灌輸了「傭兵」這麼惡毒的行話，會有什麼想法。至少中尾很在意這件事，他變得很疑神疑鬼，山邊和小島不經意的動作和表情，都會讓他懷疑他們是不是看不起自己。

任何一家公司內，大學畢業後就進公司的人難免對中途轉職的人有偏見。《東洋新聞》多年來只錄用超一流大學的畢業生，相較於這種「正規軍」，使用「傭兵」這種難聽的稱呼，根本就是這種無可救藥的純血統意識產生的病灶。

「好，那頭條就用縣廳的新聞。」

「當然啊。」

片桐今天又讓步了。

中尾輕輕嘆了一口氣。

雖然《東洋新聞》規模很大，但中尾不認為這個圈子裡有很多像設樂這樣的人。他進入《東洋新聞》後發現，轉職進來的人無論在待遇方面或職務上都沒有明顯的差別。相反地，反而很多轉職進來的人在組織內獲得成功。這或許是理所當然的情況，那些在大學畢業後，進入《東洋新聞》，就覺得完成人生一大半目標的所謂菁英其實都很弱，但從其他報社跳槽進來的人都有野心，很多人一個個踢開那些所謂的菁英，不斷往上爬。

中尾看著坐在電腦前的片桐呆頭呆腦的臉。

別看片桐呆頭呆腦，他想必也是如此，如今已成為中堅分社的總編。想必他和那些在組織內安穩度日的正規兵不同，比別人賣力兩倍、三倍，跑到很多獨家新聞。

「喔，有什麼新聞嗎？」準備去廁所的設樂問道。

「沒有，只是在寫社內報的稿子。」

「是喔，警政線的主任還真悠閒啊。」

中尾看到設樂走進廁所後，慌忙起身，走去片桐的座位旁，向他咬耳朵說：

「搞不好今天晚上可以釣到大魚。」

片桐小眼睛聞言一亮。「什麼內容？」

「梶事件的後續。」

怎樣的後續？片桐雖然用眼神這麼問，但並沒有問出口。他自己之前應該也是這樣，即使面對總編，在寫成文字之前，並不會透露內容。

「不要告訴設樂比較好嗎？」

「嗯嗯，我不想在萬一落空時聽他囉嗦。」

「好，你會用手機傳稿子嗎？」

「我會把完成預定稿的筆電留在這裡，但不要讓任何人碰我的筆電。」

地檢宿舍附近的低窪地區，手機經常收不到訊號。即使從佐瀨問到了答案，他也不打算用手機傳稿子。

中尾很快回到座位，他剛坐下，設樂也正從廁所走回辦公室。

——等一下你看了可別嚇傻了。

中尾開始用筆電寫稿。

不需要太大的篇幅。只要六十……不，五十行就足夠了。獨家新聞篇幅越小，越能夠綻放異彩。

截至四年前，他從來不曾帶著這種興奮的心情寫稿。

那是一家由當地企業共同出資成立的小報社，他在那裡當了三年的「御用記者」，每天都去各家公司，介紹新產品，撰寫各種活動的通知和徵人廣告。每家公司都有他學生時代的學長、同學或是學弟，瞭解彼此的性格和為人，還知道彼此喜歡的女生類型，在這種稱兄道弟的密切人際關係中，每天都寫一成不變，只褒不貶的「業配文」。有一天，他終於受不了，於是就辭職來到東京，參加一名知名記者主持的『媒體私塾』，然後參加轉職考試，進入《東洋新聞》。

電腦旁出現一杯咖啡，他憑香水味就知道是誰來到旁邊。加油。繪美小聲說完，拿著放了好幾杯咖啡的托盤走去其他辦公室。

她的身影讓他心生憐愛。

現在已經快八點了，她等於免費加班兩個小時。繪美在這裡打工當打字員，但因在這家分社已經工作十年，和正式員工差不多。只不過現在每個記者都有一台電腦，而且規定記者要用電腦，不需要再將手寫的稿子輸入，她也就無事可做了，所以她努力打雜，避免被裁員。

有朝一日離開這裡時，一定要帶上繪美。

中尾闔上電腦。

他向坐在總編座位上的片桐使個眼色，離開分社。一陣北風吹來，但他完全不覺得冷。

6

他在家庭餐廳吃了很日常的晚餐，思考片刻之後，開車前往縣警總部。去找佐瀨檢察官前，他還想先去見另一個人。

那就是搜查一課重案指導官志木和正。

現在才九點剛過，志木不可能這麼早就回宿舍。中尾到了縣警總部後，走去公務車停車場，在右方深處的固定位置，停了一輛有好幾根天線的指導官專用黑頭車。志木果然還在辦公室。

中尾沿著昏暗的樓梯上樓，推開搜查一課的門，立刻和志木四目相對。辦公室內只有他一個人，他站在辦公桌前，把資料放進公事包裡。

「你今天這麼早就準備下班了嗎？」

中尾驚訝地問，志木露出笑容回答說：

「一年難得有一次也不壞，提早回家過聖誕。」

中尾走向他的辦公桌。

「指導官，關於梶警部的事……」

「什麼事？」

「警方的自白筆錄中是否有謊言？」

志木停下了手，看著中尾，但很快又低頭看著自己的手說：

「怎麼可能有謊言？都是梶警部說的內容……」

志木的聲音聽起來有點空洞。

「雖然縣警否認，但梶警部是不是去了東京？」

「不清楚。」

志木用他的口頭禪回答。雖然他的語氣並沒有很差，但可以感受到他不想繼續這個話題。

「我掌握到消息，據說他去了歌舞伎町。」

志木又看了中尾一眼，眼神中帶著驚訝。

「你從哪裡聽到的消息？」

「諸積」這個名字已經到了喉頭。中尾很想試探志木，但想到不能給提供這個消息的宮內添麻煩，只回答說是未經證實的消息。

志木一臉嚴肅地說：「如果這個消息屬實，記得通知我一下。」

「好……但是，假設梶警部真的去了歌舞伎町，請問有什麼目的？」

「這我就不知道了。」

「岩村部長應該知道吧？」中尾脫口問道。白天見面時，他產生這樣的感覺。

「部長嗎？你為什麼會這麼認為？」
「只是直覺，他給我這樣的感覺。」
志木看著半空，一會兒後，緩緩嘆了一口氣。
「無論如何，梶警部已經被送上輸送帶了。」
出乎意料的話讓中尾有點不知所措。輸送帶？什麼意思？
「就是從警方送到檢方……然後從檢方送去地院……已經停不下來了，無論周圍人再怎麼吵吵嚷嚷都不可能瞭解，梶警部內心的想法只有他自己知道。」
雖然這句話聽起來好像志木不想插手，但他拜託新宿分局的諸積，請諸積幫忙留意。
中尾低頭看著手錶。九點半。他差不多該離開了。
「縣警和地檢為了梶警部的事好像發生摩擦。」
「不清楚，我已經回去辦原來的案子了。」志木面不改色。
「我瞭解了，打擾了。」
中尾轉身離開時，志木叫住他：「你不問我強暴犯的事嗎？」
中尾轉過頭，輕輕笑了笑。「有沒有什麼進展？」
「不清楚。」志木也輕輕一笑。
中尾離開縣警總部後，沿著縣道開車往西。

抵達W地檢公寓宿舍時，剛好十點整，符合他原本的計畫。三席檢察官的房間亮著燈。

中尾按了門鈴。

沒有人應答。他連續按了五次、六次……到第七次時，門才終於打開。

佐瀨檢察官詫異的臉從門縫中露出來。

「你是誰？」

「我是《東洋新聞》的中尾。」

「喔，難怪覺得見過你。」

雖然佐瀨滿身酒味，但看起來並沒有醉。

「你晚上跑來檢察官的宿舍，會被禁止進入地檢廳，你不知道這個規矩嗎？」

「我已經被禁了。」

「什麼？」

「白天的時候，我和副檢察長發生爭執，被禁止十天不能進入。」

「和桑島爭執……」

佐瀨立刻大笑起來。

「好，那你進來！」

佐瀨抓住中尾的手臂，用力拉他進屋。中尾這才發現他有點醉。無論笑聲還是拉人的力氣都不同尋常。

房內凌亂不堪。

佐瀨叫中尾坐在榻榻米上，然後盤腿坐在中尾對面，又把威士忌拿到自己面前，在杯子裡倒了滿滿的一杯，遞給中尾。

「喝！」

「不，我還在工作。」

「這也算工作嗎？」

佐瀨再度大笑，收回酒杯，一飲而盡。

「當記者真不錯啊，想怎麼樣就怎麼樣，既沒有束縛，也沒有壓力。」

可能在旁人眼中，記者就是這麼輕鬆。

「我們也是拿人薪水的。」

「哈！我們根本是機器人，而且不是原子小金剛，而是沒有自我意志的鐵人。」

中尾大吃一驚。這完全不像是菁英檢察官會說的話。

「你知道那齣動畫《鐵人28號》的歌詞嗎？是這樣唱的——無論好壞，都由遙控器決定。」

中尾覺得房間內的景象，似乎代表佐瀨的心境。再加上佐瀨的酒喝得很猛，讓中尾確信自己的感覺。

中尾確信，佐瀨一定發生了什麼事。

「你說鐵人是什麼意思？」

「你不知道嗎？就是被遙控器控制的意思，我也被壞蛋掌握了遙控器。」

「是桑島副檢察長嗎？」

中尾開始採訪。

佐瀨沉默不語。即使是酒醉的檢察官，也不可能輕易透露消息。

過了一會兒，他用低沉的語氣問：「你想問什麼？」

中尾挪到他面前說：「關於白天的事。」

佐瀨的眉尾抖了一下。

「我聽到你大聲咆哮，縣警要你吞下捏造的供詞，我聽到你這麼說。」

佐瀨的額頭青筋暴起，近距離瞪著中尾。

他的眼神很可怕。

但是，中尾立刻發現，他的雙眼並不是看著自己，而是瞪著其他東西。是桑島嗎？還是地檢廳這個組織？

不，他瞪視的對象是他自己。中尾發現這一點，忍不住感到震撼。

他在和自己拉扯。

要說？還是不說？

佐瀨的上半身搖晃，似乎已經酩酊大醉。

「檢察官。」

中尾叫了一聲。他必須趁佐瀨的大腦還能發揮作用時確認。

「真的有揑造供詞的情況嗎？」

佐瀨仍然一臉凶惡地瞪著半空。

「你承認曾經威脅警務部長嗎？」

中尾覺得他快點頭了。

「你為什麼不承認？這不是很奇怪嗎？你在半天之前還那麼憤怒，為什麼前後不一？」

佐瀨的眼神頓時渙散。

「難道有什麼原因讓你無法堅持初衷嗎？你今天提早下班，為什麼？你和桑島副檢察長之間發生了什麼事？還是和縣警之間有什麼事？」

「叫我……走……格利尼克橋……」

這句話意義不明。可能沒希望了。佐瀨隨時都會倒在榻榻米上。

中尾用雙手扶住佐瀨搖晃的肩膀，注視他的眼睛問：

「請你告訴我！你威脅警務部長的內容是事實嗎？」

佐瀨痛苦地閉上眼睛。

他用力點了一下頭。

不……

他睡著了。

中尾不知道問題的答案究竟如何。

他一鬆手，佐瀨的身體埋進舊報紙中。房間內響起他均勻的鼻息聲。中尾為他蓋上被子，離開他家。

落空——

中尾從懷裡拿出手機，用指尖按下分社電話的快速撥號鍵。

7

接下來的三天，中尾鬱鬱寡歡。

不管找誰都無法為警部殺妻案的報導進行最終確認。他每天晚上都去佐瀨檢察官的宿舍，但佐瀨沒有再為他開門。他還上網查了佐瀨好像夢囈般說的「格利尼克橋」。

「格利尼克橋是連結柏林和波茨坦之間的橋梁，在冷戰時期，常用來交換被俘虜的間諜。」

交換俘虜——他不禁懷疑縣警和地檢之間有什麼條件交換。中尾猜想地檢廳原本打算追究縣警捏造筆錄移送到檢方這件事，但地檢也被縣警抓到了什麼把柄，因此只好放棄查明捏造一事。這樣就可以解釋白天去縣警總部威脅伊予警務部長的佐瀨為什麼提早下班，喝得酩酊大醉，而且說了那座橋的名字。

但是，他不知道交換的「俘虜」到底是什麼。其中一方應該就是「梶聰一郎」，但無論如何都無法得知縣警應該交出的「交換對象」。

隔天十二月十三日，才終於知道是怎麼回事，而且是以很殘酷的方式呈現在他面前。

凌晨五點，在分社值班的中尾起身去上廁所，《縣民時報》的早報已經送到信箱，他順便拿到值班室。翻開社會版，立刻大吃一驚。上面刊登了獨家消息。

「侵佔公款的檢察廳事務官遭到逮捕」、「侵佔違反交通罰款」、「盜用三百萬還債」……

地檢進行特別審計後發現，管轄W縣西部業務的S區檢三十二歲的出納主任，連續侵佔了一百筆左右違反交通或業務過失傷害的罰款。

這才是整起報導的重點。被《縣民時報》擺了一道。他準備闔起報紙時，看到一行畫蛇添足的字。

「地檢廳對該出納主任在自行車賽車場順手牽羊的嫌疑，也展開了嚴格調查。」

在自行車賽車場順手牽羊。為什麼地檢廳內部的特別審計調查會發現他有這種行為？

下一剎那，他發現所有的事都串起來了。

他認為情況應該是這樣：出納主任起初因順手牽羊而被逮捕。警方偵辦地檢廳事務官做出的違法行為，上級偵查機關的地檢廳面子掛不住，所以地檢廳要求縣警把主任交給他們，交換條件就是不追究捏造筆錄的事。

「竟然幹這種勾當……」

中尾抓起《縣民時報》，用力丟在地上。

被搶走獨家的憤怒，和對兩個偵查機關的憤怒糾結在一起，在他的內心燃燒。

既然木已成舟，就必須向總編報告這件事。中尾立刻整理儀容，走出值班室，進了辦公室。《朝日》和《讀賣》已經送來。他動作粗暴地在桌上翻開報紙。

他頓時臉色發白。

不一會兒，《每日》也送到了。他戰戰兢兢地翻閱。

視野變得一片黑暗。

都刊登了。無論《朝日》、《讀賣》，還是《每日》，都刊登了和《縣民時報》相同的報導。

獨漏新聞！

記者最害怕的這幾個字閃過他的腦海。

那並不是《縣民時報》的獨家新聞，而是《東洋新聞》的獨漏新聞。

中尾如飢似渴地看著各家的報導內容。

果然不出所料，內容是沒有太大差別的「公告報導」。桑島在每天下午四點半，在副檢察長辦公室舉行的記者會上發表此事，目前正是《東洋新聞》被禁止進入地檢期間，無法出席記者會，所以——

聽到電話鈴聲，中尾跳了起來。

「你這個愚蠢的王八蛋！」

設樂的怒吼聲貫穿他的耳朵。

「竟然只有我們家漏報，丟人現眼！整個分社都被你拖下水，你要怎麼負起責任！」

「對不起！」

「道歉就沒事了嗎？傭兵果然不能當什麼主任，趕快給我滾回來！知道嗎？」

整個上午，他都留在分社。在編輯幹部會議上說明獨漏新聞的原委，寫了悔過書，又寫了「補救報導」。他無法進入地檢廳，只能參考各家報紙的內容。

他在下午兩點多時走進縣警總部的記者室，來到門口時，聽到裡面傳出笑聲。他推門而入，笑聲戛然而止，公共空間靜悄悄的。《縣民時報》的多多良泰然自若地看著中尾，完全沒有絲毫的尷尬。這意味著「臨時戰友遊戲」已經結束了。

這件事的確是中尾的疏失。被禁止進入地檢廳並不是什麼稀奇事，每一家報社都會遇到這種事。這種時候必須拜託其他有交情的記者，如果有什麼消息，記得通知自己一聲。中尾忘了做這件事。他一心投入梶警部一案，沒有拜託任何人這件事。

你沒開口，當然就沒告訴你。每張臉上都寫著這句話。

中尾走進東洋的小房間。

他坐在椅子上，覺得累壞了。

設樂的怒罵聲在腦海中竄來竄去。

傭兵一定會爬起來，但必須比別人努力兩三倍，超越別人兩三倍，不能只是和別人一樣，更何況還犯了獨漏新聞的錯……

中尾把手放在胸口。

這裡有一個驚天動地的獨家新聞。

捏造供詞、縣警和地檢對立，還有暗中交易。

比賽還沒有結束。

只是現在還無法證實，沒有任何人承認這件事屬實，也不知道梶聰一郎去歌舞伎町的理由，所有的事都沒有頭緒。但是——

他很想寫。

這是唯一的辦法。只能靠這則新聞重新找回分社內部的信賴，讓其他報社記者閉嘴。

他的心跳加速。

公共區域再度傳來笑聲。

中尾坐在椅子上一動不動，但他的心已經騰然而起。

8

晚上八點。中尾站在刑事部長宿舍的玄關，地面又冰又硬。

「你要寫？」

站在穿鞋處的岩村抱著雙臂，低頭看著中尾。

「打算怎麼寫？」

中尾沒有回答。他並不是來找岩村商量，也不是來向他證實，只是來打聲招呼，告訴他準備寫這篇報導，這樣就仁至義盡了。

中尾默默鞠躬，轉身準備離開。

「等一下。」

中尾不理會他，繼續走出去，但岩村接下來的那句話，讓他停下腳步。

「剛才《時報》的人來打聽強暴犯的事。」

岩村從懷裡拿出記事本，用筆在上面寫了什麼，然後撕下那一頁，對折後交給中尾。

「忘了梶的事，這個給你。」

「這是……」

「強暴犯的名字。」

「啊！」

「已經逮到他了，不過有些狀況，他還在醫院，但沒有生命危險，這一兩天就會執行逮捕令。」

中尾當場愣在那裡。

他想起了志木的臉。就是那天。那天才九點多，志木就收拾東西準備回家了，說要提早過聖誕節，還問他怎麼不問強暴犯的事。自己為什麼沒有發現？女童連續強暴事件就是在那天水落石出。

「《時報》並不知道歹徒的名字，你拿去吧，這樣就扯平了。」

中尾聽著岩村的聲音，閉上眼睛。

他從腹底吐出一口氣。那是安心的嘆息。即使無法證實，他也毫不懷疑「縣警和地檢陷入暗鬥」。但是，他很害怕，害怕在無法瞭解成為事件根源的梶聰一郎的心情之下輕易寫出報導。如今，他終於擺脫這種糾結，感覺到渾身的緊張都融化了。

他找不到任何理由拒絕這筆交易。

中尾原本就在追強暴犯的新聞，而且岩村給他的獨家消息是最高等級、有關歹徒的大獨家，既可以抵消之前獨漏新聞的失敗，又可以充分報復其他報社的記者。

岩村遞上對折的便條紙。

中尾情不自禁走向岩村，走過格利尼克橋。

「部長，我想請教你一個問題。這個交易是為了保護組織，還是梶聰一郎……」

岩村沒有回答。

中尾離開了部長的宿舍。

他跑到車子旁，一坐上車，立刻拿出手機。

片桐總編接了電話。

「我是中尾。我會在十五分鐘內，用手機傳一個大獨家！」

他只說完這句就掛上電話。他知道自己的聲音很興奮。

「拜託了。」片桐簡短回答的聲音也帶著興奮。中尾為能夠回應片桐的期待感到高興。片桐有慈悲心腸，是今天分社內唯一沒有為中尾獨家漏報新聞一事責備他的幹部。

中尾把原本放在副駕駛座上的筆電放在腿上，叫出之前寫的有關強暴犯的文章。太簡單了，只要在最前面改成「可望在近日逮捕歹徒」就好。他打開部長交給他的便條紙。

『高野貢　二十九歲　短大美術講師』

他只花五分鐘就完成了，然後把筆電連上手機，傳出稿子。

不到一分鐘，就接到片桐打來的電話。

「已經收到了嗎？」

他用振奮的語氣問，但片桐的聲音很低沉。

「把梶事件的稿子傳過來。」

「啊……」

「剛才接到你的電話之後，我通知了總社。」

片桐搞錯了。因為中尾曾經在四天前向他咬耳朵，在去佐瀨的宿舍前，曾經對他說是「梶事件的後續」，「可以釣到大魚」。

「那請向總社更正。」

片桐停頓了一下說：「沒辦法。」

中尾不知所措。「為什麼？」

「總社很感興趣，打算刊登在全國版的社會版頭條，現在怎麼可能說是其他的新聞？」

片桐的聲音聽起來走投無路了。

中尾有點搞不清楚狀況。片桐的態度太奇怪了，失去平時的從容不迫。總社也很奇怪，為什麼只憑「梶事件的後續」和「大魚」這兩點，就決定刊登在社會版的頭條。

中尾瞪大眼睛。

他們知道！無論是片桐或是總社都知道中尾的報導內容是地檢和縣警的對立，所以才決定刊登在頭版。

中尾把手機用力按在耳朵上。

「你看了我的稿子？」

片桐沒有回答。

就在中尾那天晚上把筆電留在分社，去找佐瀨檢察官時，片桐打開中尾的筆電，看了預定稿。

「快寫。」

耳邊響起冰冷的聲音。

恐懼再度襲來。「歌舞伎町」幾個字會殺了梶聰一郎。不僅如此，還會破壞和岩村部長的約定，背叛了岩村部長，以後就再也無法去採訪縣警。

「我沒辦法……」中尾的聲音在發抖，「我和部長做了交易。」

「我們不會永遠都留在這裡。」

中尾原本覺得他呆頭呆腦，如今這種印象完全消失了。電話彼端是靠著比別人努力好幾倍，寫了比別人多好幾倍獨家報導，一步一步爬上來，而且還要繼續往上爬的貪婪「傭兵」。

「如果你想成為『東洋』的人，就必須寫。」

電話掛斷。

中尾閉上眼睛，仰頭看著上方。

他一動不動。

眼前浮現繪美的臉。

她向自己拋了雙眼秋波。

加油。

眼淚不知不覺流下。

成為『東洋』的人……

中尾猛然用袖子擦著眼角。

還有其他的路嗎？

從今以後要繼續在『東洋』生存，在早報發行量有八百萬份的『東洋』——

他操作滑鼠，叫出了那天寫的「草稿」。他覺得在螢幕上看到了梶聰一郎平靜的笑容。

這篇報導的內容很真實。他在心裡這麼告訴自己。

他伸出顫抖的手指。

他將滑鼠的游標對準「傳送」，按下按鍵。

植村學之章

1

W律師會館別館的法律諮詢室的空間很狹小。

植村學感到很無奈。這個小房間很適合密談，但眼前這個皺巴巴的脖子和手指上戴著閃亮珠寶的醫生太太，卻扯開嗓子大聲說話，連走廊上都聽得一清二楚。我老公在外面絕對有女人，我要他付一大筆贍養費給我。雖然植村趁她放連珠砲的空檔問了幾個問題，但她都沒有認真回答。她似乎並沒有掌握丈夫外遇的證據，不，她是否認真想要離婚這件事也值得懷疑。植村在筆記上只寫了「丈夫晚歸」、「花錢很凶」、「一點都不關心我」——

醫生太太敷衍地道謝，乾瘦身體裹著洋裝，手上抱著毛皮大衣，踩著高跟鞋走出諮詢室。她根本不打算放棄醫師娘的地位。「三十分鐘五千圓」的諮詢費並不是用來討論離婚訴訟，而是聽她一吐內心的怨氣。

植村進入休息時間。

朋友之間的債務糾紛、毫無節制血拚，刷爆信用卡，以及懷疑丈夫外遇……上門諮詢的都是這些了無新意的內容，老實說他覺得很煩。

他喝著保溫杯裡的咖啡。

放空的腦袋中浮現毛皮大衣的光澤和珠寶的亮光。正因原本期待客人在諮詢之後會委任，所以徒勞的灰心漸漸變成煩躁。這裡是由W律師會館所屬的律師輪流提供諮詢服務的地方，他在這裡虎視眈眈地等待「好客人」。如果被那些意氣風發，日進斗金的同行看穿內心的想法，必定會被恥笑。雖然植村心裡很清楚，但還是不想空手回事務所。

有沒有撈到大魚？

這是「老闆律師」的口頭禪。他受那位老闆律師雇用，在他手下當「受雇律師」。執業律師、事務律師。即使換了好聽的名字也是換湯不換藥，本質仍然沒有改變，無法成立事務所的律師就只能受人雇用，當受雇律師。如果年紀輕就罷了，每個人在年輕時為了培養實力，都會經過這個階段，問題在於植村已經即將五十歲。

敲門的聲音強制性地宣告他的休息時間結束。

請進。他對著門說道，然後慌忙低頭看著預約表。

『想瞭解如何和被警方逮捕的妹婿聯絡。』

聯絡……

植村不禁偏著頭納悶。這個人應該是擔心妹婿，想瞭解妹婿拘留期間的情況吧。植村內心又忍不住湧起一絲期待。這種諮詢經常有機會成為對方的委任律師。

「打擾了。」

輕微的打招呼聲後，一個頭髮花白，有點年紀的女人走進來。她穿著樸素的會客和服，看起來柔弱沉穩，和剛才那個開業醫生的太太完全相反。

島村康子　五十六歲　W市彌生町××

植村立刻評估完。這個女人沒什麼錢。

「讓妳久等了。妳就是島村女士吧，妳要諮詢被逮捕的妹婿……」

島村康子在腿上折好大衣後，握起雙手，放在大衣上。

「我想聯絡他，但沒有辦法，想來請教一下，該怎麼辦才好。」

聽她的語氣，似乎著重在「聯絡」這件事上。

「妳有沒有去警察局？」

「我去了，但他們不讓我見他。」

「犯罪嫌疑人遭到起訴之前，除了律師以外，警方不會讓任何人和他面會。」

植村忍不住強調這一點。

「我想先請教，妳妹婿為什麼會被逮捕？」

對方猶豫了一下。

「我想你應該聽說過……就是警察殺了阿茲海默症的太太……」

「啊！」植村輕輕叫了一聲。聽到一些意想不到的資訊時，經常會毫無頭緒，但關於這起事件，植村接收到的資訊立刻和記憶產生連結。

現職警部的殺妻案。

這是報紙連續報導一星期的新聞。W縣警總部的警部掐死了深受疾病折磨的妻子，由於他在自首之前兩天的行蹤成謎，所以比起事件本身，後續報導都將焦點放在這件事上。

植村目不轉睛地注視著康子。

「所以，妳就是……」

「沒錯，我就是死者梶啟子的姊姊。」

既然這樣，她的妹婿，也就是那個警部，不就是殺死她親妹妹的凶手嗎？她不是想「瞭解他的情況」，而是「想和他聯絡」。這也許代表了康子內心複雜的心情。

植村難掩內心的困惑，康子從皮包中拿出報紙的剪報，放在桌子上。

這是殺妻案最初的報導，植村記得曾看過那兩張並排放在一起的男女大頭照。「嫌犯梶聰一郎」看起來很溫和，令人聯想到草食動物。「遭到殺害的啟子」長臉上一對圓圓的大眼睛令人印象深刻。眼前的康子也一樣，她們年輕時都應該很漂亮。

「我先說明，我並不恨聰一郎。」康子說話時微微用力，「我妹妹的病情已經相當嚴重，聰一郎白天出門上班時，我很擔心，經常去看她。她的狀況很不好，明明已經吃過飯卻忘記了，會連續吃好幾次飯，有時候卻什麼也不吃。有時候甚至認不出我，還曾經一臉嚴肅地問我是不是媽媽。她正常的時間越來越短……而且她自己也發現病情惡化，夏天之後，每次見到她，她就吵著很想死。」

「妳的意思是，警部——梶警部也是在無奈之下才這麼做？」

康子不置可否地點點頭。

「我看了報紙才知道，他們兒子生病夭折一事也成為這次的導火線……真的太可憐了。」

植村低頭看著報導，報導中的確寫了這樣的內容。

七年前，他們的長子俊哉罹患急性骨髓性白血病，年僅十三歲就去世了。這起殺妻事件發生在本月四日，也就是俊哉忌日晚上。白天，他們夫妻一起去掃墓，但啟子忘了這件事。因為她的病情惡化，記憶經常斷斷續續。啟子以為忘記了兒子的忌日，沒有去掃墓，驚慌失措，大吵大鬧，央求梶殺了她，她希望在還記得俊哉的時候去死，希望自己死的時候還是俊哉的母親。梶就在她的央求之下，掐死了她。

這和普通的殺人案不同，屬於刑法第二〇二條『幫助殺人暨同意殺人』，屬於條文內的「受他人囑託或得其承諾而殺之者」，也就是受囑託殺人，得處以七年以下的有期徒刑。

植村將看向半空的視線移回康子身上。三十分鐘轉眼就過去了，他總結了幾個疑問之後，帶著突破難關的心情，直截了當地問她：

「島村女士，請問妳打算為梶警部請律師嗎？」

康子顯得有點驚訝。

「啊……我只是、想和聰一郎聯絡。」康子在說話時，直視著植村的眼睛，然後問他：「難道不請律師，就無法和他聯絡嗎？」

「是，正如我剛才所說，在起訴之前，只有委任的律師能夠和他面會。」

康子帶著不安的眼神問：「如果委託你的話，要準備多少費用……」

「有輪值律師制度，如果只需要面會一次，可以免費。」

「只有一次好像不太……」康子自言自語說完之後，抬起頭說：「那我想正式委託你。」

這時，植村已經想起整起事件的全貌。梶聰一郎全面承認所有的罪行，關於曾經引起媒體討論的「空白的兩天」，後來查明他是在縣內東轉西晃，想要找地方一死了之。也就是說，犯罪事實方面沒有任何爭議，屬於在辯護時不需要特別知識，不會耗費太多時間的「事實簡明的事件」。

根據律師收費標準，律師費從二十萬到五十萬圓之間。植村告訴康子，康子瞪大眼睛。

「五十萬……」

「這是指最高金額，會根據刑罰決定案件的大小，以及梶警部的社會地位等進行綜合判斷，計算委任費的金額。當然，也會考量到委託者的財力和經濟狀況……總之，金額可以再討論。」

接著，植村又向康子說明差旅費和後酬的問題，康子低頭聽著，沒想到她很快就做出了決定。

「我瞭解了，錢的事我會張羅，那就麻煩您了。就由您負責這個案子，對嗎？」

植村的腦海中閃過老闆律師的臉。

「對，如果妳不嫌棄，就由我來協助處理這個案子。」

植村說完之後，想起刑事訴訟法的條文，慌忙補充說：

「但是，妳是梶警部太太的姊姊，沒有資格為他委任律師，必須由梶警部的直系親屬──他的兄弟姊妹也無妨，由他們出面委任。」

植村沒有想到康子竟然陷入沉思。

梶的父母和哥哥都已經離開人世，沒有其他兄弟姊妹。只有一個祖父還活著，但很久以前在外面有了女人，拋家棄子，從來沒有見過梶這個孫子。

「即使是這樣，他在法律上仍然比妳更有資格。妳知道他住在哪裡嗎？」

「嗯，在偶然下知道了。」

康子當然從來沒有見過梶的祖父，甚至根本沒想到他還活著，但在前年敬老節時，梶的祖父上了本地的報紙。在一篇介紹縣長去拜會了百歲人瑞的報導中，看到縣長拜訪對象中，有一個人瑞名叫「梶昭介」。啟子剛好看到這篇報導，於是就打電話和康子聊起這件事。

「他住在養老院，我記得當時把那篇報導剪下來，我回家找一下，應該可以找到是哪一家養老院。」

植村遞上自己的名片，請康子找到之後和自己聯絡，然後就送她離開了。

揮棒落空。

這就是植村的感想。雖然是康子支付律師費，但他不認為那個叫梶昭介的男人，會為了從來沒見過的孫子，很乾脆地在律師委任契約書上蓋章。既然已經超過一百歲，恐怕連讓他瞭解辦理委任手續的意義都有困難。不，他出現在報紙上是前年的事，不知道現在是不是還活著……

這時，聽到了敲門聲。

接著是：『想要拆除公寓，但有一名老婦賴著不走，為此傷透腦筋。』

植村嘆氣，對著門應了一聲。這時，放在懷裡的手機響了。

「啊，是學嗎？是我，是我。」

電話是住在本縣北部的哥哥謙一打來的。

植村忍不住咂嘴說：「我正在忙。」

一個頭髮花白的胖男人已經走進來。

「啊啊，對不起，對不起。因為媽媽整天都躺在床上，所以我想通知你一下。」

植村的心臟用力跳了一下。

「哪裡不舒服嗎？」

「不，沒事，沒事，只是有點頭暈，睡一下應該就好了。」

「深夜的話，我應該可以回去一趟。」

「啊，沒關係，沒關係，你的工作比較不一樣。」

無論家裡辦法事，還是叔叔的葬禮，就連家裡房子著火時，謙一都說「沒關係，沒關係」。

「媽媽也說，只是頭暈就叫你回來，實在太過意不去了。畢竟你是全家的驕傲。」

謙一也沒忘了說他的另一句口頭禪。

2

結束六場諮詢後，已經五點多了。

從律師會館搭公車回『藤見法律事務所』只有三站，植村回到事務所時，兩名女性行政助理正在收拾東西準備下班，她們沒為植村倒茶。老闆律師藤見泰造以雇用植村為由，減少了她們的年終獎金。

「有沒有撈到大魚？」

今天對著植村問這句話的不是泰造，而是他的兒子範夫。

他只是學了父親的口頭禪，並沒有特別的意思。之前在司法進修所時，他是比植村大一屆的學長，再加上是同鄉，因此當植村在東京失敗時，他主動詢問：「要不要回來這裡加入我們？」泰造會在八十歲退休，他希望屆時植村可以成為事務所的合夥人。對植村來說，範夫的提議簡直是求之不得的好機會，然而，實際進入這家法律事務所工作後，發現泰造老當益壯，不但身體健康，也完全不打算退休。雖然範夫不時拜託說，不好意思，他以後會設法處理這個問題，但植村毫不懷疑，除非上個月滿八十一歲的泰造死了或是病倒，自己只能繼續當受雇律師。

植村正在把島村康子的事告訴範夫，坐在後方辦公桌前的泰造伸長脖子。他的耳朵也仍然很靈光。

「喂，植村律師——你打算為那個警察辯護嗎？」

「不妥當嗎？」

植村反問，泰造誇張地抱著雙臂。

泰造並不是所謂的左派，只是自詡為反權威人士，故意露出愁眉苦臉的樣子，以為自己在指點受雇律師。鄉下律師。植村忍不住在心裡咒罵，腦海中閃現了位在六本木的氣派事務所，從窗戶還可以俯視時尚的露天咖啡座。事務所內光線明亮，行政助理都容貌出眾，絲毫不比模特兒遜色。當時他身上穿的是訂製的西裝，搭配流行的領帶，客人絡繹不絕，他經常面不改色地處理以千萬、億為單位計價的工作。

泰造仍然擺著剛才的姿勢，在腦海中敲打著計算機，盤算著可以收到多少委任費。這家法律事務所的經營也不輕鬆。

植村說還約了客人寫遺囑，離開事務所。其實他和客人約在明天。他走路到車站，跳上三十分鐘一班的電車回家。煩躁變成頭痛，植村難得想早點睡覺。

「我問你，到底該怎麼辦？這裡根本沒有一家像樣的補習班。」

一回到家，亞紀子就用黏膩的聲音問他。

「我覺得還是得住在東京，照這樣下去，真實根本沒辦法考上像樣的大學。」

植村默默無言地換衣服。

然後用眼神說：

那妳自己呢？

妳讀的是誰都進得了的三流大學，不學無術，整天忙著參加選美……

「我要去睡一下。」植村說完這句話，走向臥室。亞紀子一臉不悅地看著他，她生氣時變得更加明顯的雙下巴，讓植村目不忍視。

他覺得和亞紀子之間既不是戀愛，也不是結婚，而是律師徽章和三個選美獎盃之間的契約。他們雙方都毀約了，植村沒有遵守提供奢華生活的義務，亞紀子則放棄了繼續當一個美麗賢淑的妻子。

植村鑽進被子。

雖然閉上眼，卻怎麼也睡不著。躺下之後，太陽穴更痛了。

不知道媽媽怎麼樣了……

他和母親之間的感情很淡，當年植村在村莊的中學老師建議下，考上東京的私立學校後，沒有受過教育的母親感受到的困惑應該勝於喜悅，對植村的態度也變得很不自在。父親賣了家裡的農地，哥哥謙一只好放棄升學，無法讀大學。啊啊，沒關係，沒關係，反正我本來就要繼承家裡的農務。植村從來不曾感謝過家人，他一直希望自己成為一號人物。他必須成功。這種近似焦慮的想法，讓他高中三年的生活變得很沉重。

他首試及第，考上T大，內心頓時感到暢快不已。之前看了知名記者寫的一篇冤獄事件的報導，深受感動，決定要當律師。但是，他花了七年才通過司法考試。租屋費用、生活費、補習班費。父親名下的農田大部分都賣給別人。在完成兩年司法進修時，植村已經三十歲了。他在曾經實習的法律事務所當了三年受雇律師，進入一家國際法律事務所的第一年，和那家事務所的前輩律師一起自立門戶，在六本木中心開了一家以民事訴訟為主的聯合事務所。

當時還是泡沫經濟時代，工作和錢不斷上門。植村廢寢忘食地拚命工作，想要彌補當年在一坪多大潮濕租屋處面對六法全書的龐大時間，甚至追溯到離鄉背井，將考上T大視為唯一絕對目標的十五歲的宿舍生活。

所以，他理所當然地收取高額的報酬，擁有公寓頂樓的房子、美麗的妻子，而且覺得這才符合自己的身分。他持續靠肉眼可見的成功，填補肉眼無法看到的內心空虛。

植村在被子裡翻身。

前年春天，聯合事務所的合夥人被警方逮捕。合夥人受某家破產的房屋仲介公司委託，擔任破產管理人，卻涉嫌挪用該公司的保證金，用來填補其他案子的坑。他受委託討回的貨款落入黑道分子手中，為了填補這筆資金缺口才鋌而走險。植村雖然大吃一驚，但並非晴天霹靂。泡沫經濟早已崩潰，和討債集團相關的、遊走在法律邊緣的工作比例增加，只要稍不留神就會犯法，他們每天都活在刀口邊緣。

警方對事務所展開搜索，電視上一次又一次重播警方搜索的畫面。植村也被懷疑是共犯，每天都被叫去偵訊室。他原本擔任十家公司的法律顧問，一下子同時遭到解約，事務所的經營頓時出狀況。他解雇了受雇律師和行政助理，降價接案，甚至賣了自住的房子，來填補事務所的財務漏洞，最後那些錢都化為泡影。當黑色封面的法條書籍和辦公設備拿來抵債，搬出事務所的那一天，他在空蕩蕩的事務所角落，看到了好幾年都不曾翻過的「冤獄報告」，影本已經積滿灰塵。

沒有同業願意收留他，因為任何一家法律事務所都不想和骯髒的印象沾上邊。植村個人的風評也很差。如果被告的家屬沒有財力，很可能會白忙一場，因此他之前完全不接受刑事案件的辯護工作。即使是民事案件，如果金額很低，他同樣不屑一顧。多年來，他在業界都是一個見錢眼開的律師，如今終於自食惡果。

他開始自暴自棄，整天買醉，為了賺取買酒錢，成為討債集團的幫凶，導致律師會的紀律委員會對他展開調查，早晚會對他祭出懲戒處分。亞紀子開始外出工作，擔任保險業務員，收入很不錯。有一次，他聞到亞紀子的頭髮上有菸味，就打了她一巴掌。亞紀子流著淚冷笑一聲，嘀咕一句：

看走了眼……

植村當時覺得一切都完了。找結婚對象時看走了眼。太太說的這句話，比其他任何話更精準地道出了植村人生的失算。

植村注視著昏暗的天花板。

藤見範夫的邀約不僅拯救了植村，同時在表面上拯救了他們夫妻之間的危機。目前至少不愁吃穿，只要忘記受雇律師這種落伍的稱呼就好。只要表現出不以為意的態度，像別人一樣正常工作，夫妻兩人應該就不會再拿掉假面具。

然而……

帶著欲哭無淚的心情，把寫了「T大合格」幾個字的布條綁在額頭上的那三年，和像埋在地底下的蛹一樣過日子的七年，仍然是他內心深處找不到東西填補的空洞。

植村掀開被子起身。

他鑽進壁櫥，拖出紙箱。

通訊錄、名片、不計其數的明信片。

即使在花天酒地的六本木時代，植村也仍然堅持寫賀年卡，每次搬家，也都會寄搬家通知給朋友。這是他在高中時代養成的習慣，那時候他每個月都會寫明信片回家，向父母報告近況和模擬考試的成績。

植村坐在小書桌前，打開檯燈，把昨天之前已經看完的那疊明信片挪到一旁，拆開新的一疊，一張一張開始翻。他在找「W縣」的文字，尋找在本縣為數不多的朋友，尋找在東京認識，目前在這裡的企業工作的人……

每找到一個，他就拿起筆寫：我開始在W市當律師，如果遇到任何困難，都歡迎來找我。

他並不是真的想藉此建立人脈，只是在寫明信片時，可以讓他暫時忘記自己在頭髮日益稀疏的年紀，開始當受雇律師的現實。

3

植村看到隔天早晨的《東洋新聞》，忍不住大吃一驚。

報紙上剛好刊登了昨天那起梶事件的後續報導。不，這麼震撼的獨家新聞已經不能稱為後續報導。

斗大的標題寫著——

「縣警捏造梶事件的自白筆錄」

「地檢廳默認條件交換」

植村迅速瀏覽之後，從皮包裡拿出紙筆，整理出要點。

一、梶聰一郎在十二月四日殺害妻子，兩天後的十二月六日前往新宿歌舞伎町。

二、W縣警害怕這件事公諸於世，於是捏造「六日在縣內東轉西晃，想找地方結束自己生命」的假筆錄，送到W地檢廳。

三、W地檢識破不實筆錄，著手對縣警展開偵查。

四、就在同一時間，縣警逮捕了在自行車賽車場順手牽羊的檢察事務官，在通知地檢廳的同時，試探是否能夠條件交換。

五、地檢進行內部審計，發現檢察事務官侵佔高額公款，擔心被下級偵查機構的警方揭露這起事件，要求將事務官交給地檢，等於實質同意和縣警條件交換。

六、結果，地檢停止對縣警的偵查，接受「想找地方結束自己生命」的自白。

植村再次發出低吟。

現職警部殺害妻子就是大新聞，沒想到在這起事件背後，縣警和地檢還在檯面下暗鬥……

這是千載難逢的案子。審判絕對精采可期，想到這裡，植村不由得激動起來。

他等到七點，打電話去島村康子家。康子說，她昨晚就找到提及梶祖父的那篇報導，因為時間太晚，就沒有打電話給植村。

「我打算等一下去一趟，請妳把養老院的名字和地址告訴我。」

他記下之後，和康子約好下午見面，就掛上電話，急忙換了衣服出門。走路到坡道下方的公車站差不多五分鐘，要搭三十分鐘的公車才能到K車站。如果要繼續在這個地方都市生活，必須要一張駕照。

他在K車站搭了在來線的下行電車，要往北搭一個多小時。車上沒什麼人，他獨自坐在四人座的椅子上，眺望著漸漸遠去的街景。

他內心仍然激動不已。

梶事件的審判將引起社會的矚目，自己將擔任他的辯護律師。順利的話，植村可以一舉成名，在全縣打響知名度。

自立門戶……

他知道這不是一件容易的事。普通民眾在日常生活中並不會想到律師，更不會找律師，但W縣都市區的律師人數多得超乎他的想像。以人口比和企業數量來看，顯然已經接近了飽和狀態。大部分律師都在自己出生的地區開設事務所，利用中學、高中時代的人脈關係，採取在地化的經營模式，而且彼此之間建立默契，不會侵犯他人的地盤，沒有自己的地盤和人脈的外來者，想要摻一腳並非一件容易的事。

至於W縣的山區，則被稱為「零一地區」，許多地方沒有律師，或是最多只有一名律師。植村出生、長大的S村也一樣，但是，即使去那種地方開業，一樣接不到生意。因為村莊內一旦發生糾紛，就會由年長者介入調停。除非富有服務鄉里的精神，願意提供免費法律諮詢，否則試圖用法律解決不僅是明天、後天，而是一輩子都要繼續打交道的人們之間的問題，還想藉此養活一家老小，就必須做好整個村莊都會被搞得雞飛狗跳的心理準備。

所以，只能等藤見泰造歸西了。他引頸期盼和泰造的兒子範夫一起合夥經營事務所的日子，但如果可以，他希望可以靠自己的能力……

植村覺得內心的小火苗，應該會成為最後的鬥志。

他抵達了目的地的D車站。

這裡想必也是零一地區。車站前只有三家商店，放眼望去，到處都是一片在寒風中塵土飛揚的褐色農田。

他向站務員打聽養老院的位置，站務員說在往西三公里的位置，然後就用手勢向對面的禮品店示意。據說禮品店老闆也兼開個人計程車，其實是違法的白牌車。坐上車後搖晃五分鐘就到了。

『清清園　特殊老人養護中心』

養老院的灰色牆壁有一大半已經黑了，整棟房子有一種陰森的感覺。植村一走進玄關，立刻用手指關節敲敲左側的小窗戶。律師的名片就像警察證一樣好用，瘦得像枯樹一樣的女職員沒有問他面會的理由，就急急忙忙帶他去房間。

梶昭介躺在窗邊的床上。

梶昭介骨瘦如柴，相較之下，就覺得像枯樹一樣的女職員看起來很豐腴。女職員在老人耳邊喊了好幾次，在他微微張開混濁的眼睛之前，植村有點懷疑眼前的老人是否還活著。

「因為涉及隱私，請妳迴避一下。」

植村把女職員趕走之後，雙手做成大聲公的形狀，靠近對方暗紫色的耳朵。

「你是梶昭介先生吧？」

沒有反應。

他連續試了好幾次，都沒有反應，最後像女職員一樣大喊，但一百零二歲的老人連頭都沒點一下。

植村打量著房間內。

所有的床排成兩排，每個老人的狀態都和梶昭介差不多，只有一個老人坐在床上看向這個方向，但那老人凹陷的雙眼無法聚焦，不知道看著遙遠的過去，還是來世。

室內很安靜。

走廊上也沒有動靜。

植村採取行動。他打開放在腳下的皮包，從裡面拿出律師委任契約書。他的手指微微顫抖。

他拿起梶昭介放在肚子上的手，那隻手沒有體溫。他把原子筆塞到那冰冷的手上，然後再用自己的手握住，固定原子筆，在委任契約書上寫下姓名和這裡的地址……

植村收起原子筆，拿出印泥，用梶昭介的大拇指捺了手印，契約書上留下了分不清是指紋還是皺紋的圖案。植村用面紙為他擦掉手指上的印泥，然後打量著房間內。只有那雙缺乏意志的凹陷雙眼仍然注視這裡。

植村逃也似地離開養老院。

他坐上等在門口的白牌計程車回到D車站，跳上剛好進站的上行電車。

電車離站後他才想到。

從D車站搭下行電車三十分鐘左右，就可以到S村。剛才搭電車來這裡時，他還曾經打算如果有時間，要回去看看母親。

啊，沒關係，沒關係，你不用……

這句話並不是哥哥說的，而是他對自己說的話。雖然車上沒有其他乘客，但植村把皮包緊緊抱在腋下。

4

他在下午一點多時，回到K車站。

植村在車站前的咖啡店等島村康子。等待的時候，在腦海中複習著早上的《東洋新聞》報導內容。他發現了一個疑問。

果然沒錯。雖然那篇報導很長，卻沒有提到梶聰一郎去東京的原因。難道是記者沒有掌握消息嗎？他去的是新宿歌舞伎町，正因為沒有寫明原因，所以讓人產生負面的想像。

十五分鐘後，康子走進咖啡店。她愁容滿面，可能也看了《東洋新聞》。

「讓你久等了。」

康子一坐下來，植村立刻把律師委任契約書放在桌上。

「手續我已辦妥，等一下就去W中央分局申請和梶警部會面，妳有什麼話需要我轉告嗎？」

康子輕輕點點頭，好像在思考措詞般緩慢地說：

「請你告訴他，會刊收到了。」

「會刊……什麼會刊？」

「你只要這樣告訴他，他就知道了。」
康子的口吻很強烈，似乎拒絕植村繼續發問。
植村從桌子上探出身體說：
「島村女士，妳是不是誤會了？律師和嫌犯站在同一陣線，我必須瞭解真相，才能夠為梶警部辯護。」
康子沉默不語，把視線從植村的臉上移開。
「請妳告訴我，是什麼會刊？」
康子沒有回答。
我想和聰一郎聯絡。康子昨天說的話似乎頓時有了真實感。那並不是委婉的措詞而已，康子為了讓羈押中的梶知道收到「會刊」，不惜聘請律師。
植村喝了口咖啡。在喝咖啡時拚命思考。
會刊收到了。應該是用郵寄的方式。目前沒有人住在梶的家中，應該是康子去他家開信箱。不，一定是辦理轉寄手續，要求郵局將寄給梶的信件轉寄到自己家中，然後收到了轉寄來的會刊。康子為了通知梶這件事，特地請了律師。應該是梶事先拜託康子，在自首之前拜託她，要求她收到會刊之後通知他。
問題在於是什麼會刊。既然是會刊，應該是什麼組織、團體、集團……梶一定是那個團體的成員。

植村把杯子放在桌子上。

「島村女士，妳有沒有看到今天早上的《東洋新聞》？」

「有……我看了。」

「會刊和歌舞伎町有什麼關係嗎？」

康子明顯慌亂起來。

果然有關係。

植村繼續追問。

「請妳老實告訴我，如果會造成法官對梶警部酌情量刑不利，我絕對不會告訴別人。」

康子似乎聽不懂這句話的意思，微微偏著頭。

植村只好舉了一個極端的例子。

「假設那份會刊是出現在歌舞伎町周邊的色情刊物，一旦公諸於世，就會對梶警部的審判很不利。」

康子因為憤怒而漲紅臉。

「聰一郎不是這種人，那是很正當的會刊，聰一郎去新宿也一定是……」

植村等了幾秒鐘，但康子並沒有繼續說下去。

「梶警部為什麼會去歌舞伎町？」

康子沒有回答，她的呼吸有點急促。
「至少請妳把會刊的內容告訴我。」
康子摸著胸口，一臉痛苦。
「島村女士，這樣即使我想辯護——」
康子打斷了他。
「其實我甚至不知道聰一郎是否想知道收到會刊這件事，只是聰一郎在等那個團體的聯絡，既然是那個團體寄來的郵件，所以我覺得應該通知他一下……就只是這樣而已。」
「是什麼團體？」
康子垂下眼睛。
「聽妳這麼說，會刊的事和梶警部去歌舞伎町的事似乎是對他有利的情況，請妳如實告訴我，這是在為梶警部著想。」
康子陷入沉思，片刻之後，抬起泛淚的雙眼說：
「我無法再說了，其他的事就請你直接問聰一郎。」

5

果然不出所料，W中央分局的態度很強硬。

植村首先把律師委任契約書交給副分局長，申請接見梶聰一郎。警方驚慌失措的樣子簡直有點滑稽。他們似乎對前縣警警部梶竟然委任律師感到震撼，周圍的警務課課員都露出充滿敵意的眼神。這也難怪，因為今天早上《東洋新聞》揭露縣警和地檢的暗中交易，分局內瀰漫著劍拔弩張的氣氛。

負責管理拘留室的警務課長打電話去三樓的刑事課，姓小峰的刑事課長怒氣沖沖地下樓，冷冷地說，目前正在偵訊，無法同意，而且檢察官也指示要限制接見。小峰重複三次這些話，植村問，是哪一位檢察官承辦這起案子時，他回答說，是三席檢察官佐瀨銛男。縣警和地檢已經在這起案子上達成協議，小峰胸有成竹地認為，即使去找檢察官，檢察官也不會同意接見，臉上露出無敵的笑容。當植村說，佐瀨是他在司法進修所的同學時，小峰立刻收起臉上的笑容，臉色頓時變得蒼白。

植村大手筆地搭了計程車，直奔W地檢廳。

他在警衛室的訪客登記簿上填寫資料後，坐在沙發上等待。二十分鐘後，警衛叫了他，告訴他佐瀨檢察官的辦公室在三樓的最深處。

檢察事務官不在辦公室，辦公室內只有佐瀨一個人。他背對著窗戶，正坐在辦公桌前看資料。

「真難得啊。」

佐瀨這麼向他打招呼。進修所畢業之後，他們已經有二十年沒見面了。

「我就猜想是你。」

植村說話的同時，在嫌犯坐的鐵管椅上坐下。他得知現職警部殺了妻子的新聞時，就猜想這麼重大的事件，應該會由被稱為檢察官之首的三席檢察官承辦。他從之前互寄的賀年卡中得知，佐瀨目前是W地檢的三席檢察官。十天之前，他才寫了明信片給佐瀨，說自己回到這裡當律師。

「工作很辛苦嗎？」

佐瀨露齒一笑，看著植村的髮際。佐瀨和以前相比，臉頰凹陷，原本就很冷酷的外形看起來更有威嚴了。

「警方那裡亂成一團，這裡也受到波及了嗎？」

植村問，佐瀨冷笑一聲說：

「有些記者的想像力實在太豐富了。」

「和事實不符嗎？」

「嗯，故事聽起來頗有趣。」佐瀨面無表情說完後，注視著植村的眼睛問：「你要為梶聰一郎辯護？」

「對，所以才會來這裡，希望你同意我接見他。」

「不行。」佐瀨很乾脆地說。

「為什麼？難道讓他見律師，會對你們有什麼不利嗎？」

「目前還在偵查，再一陣子。」

「原則上可以自由接見，檢察廳不是也改了相關規定嗎？」

「記者寫了那些無聊報導後，大家都變得很神經質，你要搞清楚狀況。」佐瀨盛氣凌人地說。

佐瀨在大學期間就通過司法考試，不可能瞭解在地底下沉睡多年的蛹是怎樣的心情。

植村脫口說了重話。

「那我就要以妨礙接見向地院提出準抗告，然後召集記者大肆報導。」

佐瀨目不轉睛地看著植村問：「你幹嘛這麼火大？」

植村覺得佐瀨看透他的心思，更加怒不可遏。

「我還想這麼問你呢，你是怎麼回事？暗中和縣警做交易，這也算是檢察官嗎？難道你不感到羞恥嗎？」

「你不要受影響，報紙什麼時候報導過事實了？」

「你別想糊弄我，梶的確去過歌舞伎町吧？」
「在縣內東轉西晃，想要找一個地方自我了斷——這就是梶說的話。」
「既然這樣，你就讓我見他，我想要親耳聽他證實。」
佐瀨重重地吐了一口氣說：
「好啊，那你就自己去問清楚。那就明天吧，十二月十五日，下午一點開始，給你十五分鐘，這樣就行了吧？」
植村點點頭。他原本希望可以有三十分鐘，但他不希望相隔二十年的重逢氣氛更緊張難堪。
更何況他也感到心虛。基於這些年走過的路，他並沒有資格高喊正義、和檢察官針鋒相對；而且他為了得到懷裡那張律師委託契約書所用的手段，與縣警和地檢針對梶的供詞所做的事沒什麼兩樣。
「感激不盡。」
植村準備站起來，佐瀨叫他等一下。
「植村，你今年幾歲？」
「啊？我四十九歲。」
「果然是這樣啊。」
「果然是什麼意思？」

「梶聰一郎也四十九歲。」
「我知道，這有什麼問題嗎？」
植村問，佐瀨收起檢察官面孔，問：「年近五十時，會有什麼改變嗎？」
「什麼意思？」
「像是心境……或是人生觀、生死觀之類的。」
植村覺得佐瀨把手伸進了自己內心深處。
「沒什麼改變，原本還以為五十歲的時候，多少會變得豁達，但完全沒有改變，還是那麼幼稚。」
他忍不住脫口說出心裡話。
佐瀨點點頭，然後神情嚴肅地看著植村。
「梶打算活到五十歲。」
「什麼？」
「雖然搞不清楚原因，但他的確想死。我在偵訊他多次後，產生了這樣的感覺。」
「有什麼根據嗎？」
「人間五十年。他在自首之前，寫下了這幾個字。」
也就是遺書——
佐瀨轉頭看著窗戶，植村注視著他的側臉，難以瞭解他向敵方的辯護律師透露案情的真意。難道是在拜託自己手下留情嗎？還是因為他無法瞭解梶的內心，想把這件事託付給植村？

植村無法知道究竟如何，但是，司法進修所的魔鬼教官口中的「才子」，此刻臉上帶著一絲憂愁，失去了往日的銳氣和光芒。

植村走出地檢廳，搭公車回去法律事務所。

要讓梶親口說出真相。

這不是為了梶，當然也不是為了島村康子或佐瀨。

植村在公車上思考了傳給各家媒體的傳真文案。

「本人今天接受委任，擔任梶聰一郎先生的律師，預計將於明天下午一點，前往W中央分局和當事人面會。結束之後，將在分局前向各位媒體朋友報告面會內容——」

6

隔天，強風吹拂，風中夾著雨。

植村一早就到事務所，處理完雜務，在上午十點離開事務所。昨天晚上，他打電話到《東洋新聞》分社。他希望去接見梶之前，和那篇獨家報導的記者談一談。

他收起雨傘，推開咖啡店的門，在窗邊的座位上看到一身記者裝扮的人，一副正在等人的樣子。

「請問是東洋新聞的中尾先生嗎？」

植村問，男人不知所措地點點頭。也許「東洋新聞的」這幾個字太多餘。

他們很快交換了名片。

《東洋新聞》W分社記者　中尾洋平

「不好意思，在百忙之中約你見面。」

原本以為身為記者，寫了這麼大的獨家報導之後，一定會志得意滿，沒想到眼前的中尾表情很黯然，眼神飄忽，甚至看起來有點戰戰兢兢。

植村大致猜到是怎麼一回事。那就是其他各報在今天的反應。植村在事務所時瀏覽了所有的報紙，但並沒有任何一家報社刊登梶事件的後續報導。以前曾經有一名熟識的記者告訴他，只有當其他報社也跟風報導，獨家報導才能成為獨家報導。按照這種說法，中尾的報導被其他報社無視，無法成為獨家報導。

植村覺得就從這一點切入好了。

「其他報社似乎都沒有跟著寫相關報導。」

中尾瞪著植村。

「因為其他報社沒有管道證實。當新聞很大條時，有時候會發生這種情況。」

植村貼心地用力點頭。

這應該是實話。其他報社的記者應該會去問縣警和地檢廳，報導是否事實，但那兩個偵查機關一定都矢口否認，於是他報的記者就利用被官方否認這一點，決定不理會這則新聞。只要把《東洋新聞》的報導視為誤報，就不會被報社高層追究漏報的責任。從這個角度來看，中尾的獨家新聞的確很大條。但是——

但是，中尾也的確陷入困境。

「我可以很有自信地說，報導的內容全都是事實，我早晚會證明給大家看。」

中尾說話時帶著悲壯感。他寫了一篇昭告全國的重大新聞，卻必須再次證明新聞的真實性，他墜入這個深淵。

別擔心，你的報導沒有寫錯。植村很想這麼告訴他。

——聰一郎去新宿也一定是……

島村康子不慎說出的這句話，證明梶的確去了東京。縣警和地檢永遠都不可能承認他們為了捏造的自白進行交易，但是，只要梶翻供，就可以瓦解一切。這是能夠證明《東洋新聞》的報導屬實的唯一方法。

這也正是植村的目的。

他要以辯護人的身分讓梶說出真相，揭露縣警和地檢廳沆瀣一氣，聯手欺騙社會這種前所未聞的謊言。

梶在縣警工作多年，應該是為了情義忍受這種捏造的供詞。縣警利用梶的忠誠，認定他不可能翻供。然而，植村掌握了幾個連檢警和媒體都不知道的消息，同時想好策略。在歷經充滿金錢和慾望的六本木時代後，他深刻瞭解別人的痛處，也熟知如何進攻。

植村認為勝負的機率各佔五成。

「無論如何，都要讓梶警部說實話。」

中尾聽了植村的話，連續點了好幾次頭。

「說起來真的很不甘心，無論我們再怎麼想，也見不到羈押中的嫌犯。」

中尾委婉地表達對植村的期待。

「你會來參加下午的說明會吧？」

「當然，我想所有的報社都會去，我相信大家都提心吊膽。」

「那就到時候再見了。」植村拿起帳單起身。

「不，我來就好。」

中尾從植村手上搶過帳單的動作甚至有點粗暴。

植村忍不住對他說：

「明天所有報社的早報，一定會刊登和你的報導相同的內容。」

中尾停止眨眼，感動地深深鞠躬。

7

風停了，雨也變小了。

植村覺得自己好像獨闖敵營，衝鋒陷陣。他在十二點四十五分走進W中央分局的大門，沿著樓梯來到三樓，推開了刑事課的門。刑事課的人可能知道他要來，都等在那裡，二十名左右刑警同時瞪向他，還有幾個一看就知道不是刑警的西裝男，植村猜想應該是為了處理棍事件，在幕後出謀劃策的管理部門人員……

他覺得十公尺前方的小峰課長辦公室很遙遠。

「請多關照。」

植村鞠了一躬，遞上寫了指定日期和時間的紙。這是今天早上，地檢廳傳真過來的接見單。小峰瞥了一眼佐瀨銛男的簽名，默默站起來。

小峰走在前面的背影透露著他內心的煩躁，植村注視著他的背影，走在昏暗的走廊上。前方是一道生鏽的鐵門。那是拘留室的入口。小峰按了門旁的門鈴，不一會兒，旁邊的小門打開，臉色蒼白的員警探出頭，看起來很神經質。

走進拘留室內，左側就是接見室。

植村坐在鐵管椅上，低頭看著手錶。十二點五十五分。壓克力隔板的另一側，嫌犯用的椅子折起，豎在牆邊。

植村決定對梶說，是島村康子委任自己擔任他的律師。梶之前是警察，可能會發現他太太的姊姊沒有委任權，但如果得知委託人是從來沒有見過面的祖父，一定會馬上解除委任他這個律師。更何況他很可能堅稱不需要律師……

一點了。植村渾身緊張起來，但隔板另一側的門並沒有打開。一分鐘過去了。兩分鐘……三分鐘……植村站起來。這明顯是拖延時間的行為。接見時間只有短短十五分鐘，警方竟然試圖繼續縮短。

他正想叫員警時，嫌犯出入的那道門打開了。

植村忍不住倒吸一口氣。一雙清澈無比的眼睛注視著他，那是難以從報紙上的照片中看到的、梶聰一郎的心靈之窗。佐瀨也曾經面對這雙眼睛，然後斷定他死意堅決。

兩個人同時在隔板的兩側坐下。「時間到了，我會進來叫你。」員警用沒有起伏的聲音說。植村慌忙叫住他。

「目前晚了四分鐘，請你告訴課長，接見要到十九分才結束。」

員警頭也不回地出去。植村原本想大聲叫住他，但秒針正在移動。

鎮定。他這麼告訴自己，然後將臉湊到隔板前。

「我叫植村學，島村康子女士委任我為你辯護。」

「不，謝謝好意，但我這種人不需要辯護……」

梶的反應果然不出所料，植村慌忙說服他：

「你不能辜負姊姊的好意，如果你拒絕，她會很難過。她很擔心你，而且——」

時間緊迫，只能在說服的同時，向他瞭解情況。

「你姊姊要我向你傳達一件重要的事。」

梶一臉驚訝，他顯然知道是什麼事。

「就是那個——」植村想要套他的話，要讓梶以為康子把所有的事都告訴自己。

「她收到那個團體寄來的會刊。」

「會刊……」

此刻梶顯得有些陰鬱。他的眼神在說，期待落空。

康子無法判斷的事終於有了答案。梶並不是在等會刊，而是在等那個「團體」寄來的其他東西。

「下次應該就會寄來你在等待的東西。」

植村撒了餌，但梶並沒有上鉤。

只能繼續下一個話題。已經過了將近五分鐘。

「梶先生，《東洋新聞》在昨天的早報上，刊登了這起事件的內幕。」

梶並沒有驚訝，雙眼透著悲傷。顯然他已經知道了。

「提及你曾經去歌舞伎町的事。」

「不，我……」

「但我認為這件事並不會對你不利，只要真相大白，反而可以成為酌情量刑的證據。」

「植村先生……」

植村沒有退縮。

「這個社會很冷漠，目前大家只知道你去了歌舞伎町，但並不瞭解你去那裡的原因。那些毒舌的人一定會說什麼你把太太的遺體丟在家裡，跑去尋歡作樂，當作茶餘飯後的笑談，你覺得這樣無所謂嗎？」

梶輕輕嘆氣。「無所謂。」

「我知道你在袒護縣警，但縣警又如何對你呢？」

或許有人在偷聽。植村想到這件事，但還是繼續說道：

「縣警棄你不顧，甚至可以說對你見死不救，你只能靠自己恢復名譽。」

梶垂下眼睛說：「我沒有可以恢復的名譽，我親手殺了自己的妻子。」

植村探出身體說：

「我和你一樣，今年都是四十九歲，我很努力地活著。雖然曾經有值得驕傲的過去，也有過不光彩，但是，到了這個年紀，我無法忍受人生的一切都被否定。人格遭到否定，整個人都被社會抹殺，這未免太辛酸了，難道不是嗎？」

植村吐出的氣讓壓克力隔板起霧。

——看走了眼……

亞紀子的嘀咕在耳邊繚繞。

「梶先生，時間不多了，那我就直截了當問你。你是不是去了歌舞伎町？」

梶閉上了眼睛說：「不……我在縣內東轉西晃，想找地方一死了之。」

憤怒從內心深處竄上。兩個人年紀相同，人生一樣失敗，但眼前這個男人並不願意和植村的悲哀產生共鳴。

植村決定直搗他的「痛處」。

「那我就實話實說了，島村康子女士已經在我面前承認了你去過歌舞伎町，我打算把這件事告訴記者，如果大批記者去包圍你姊姊，她應該無力招架。」

梶瞪大眼。

「梶先生——我想聽你親口對我說出真相，你為什麼去歌舞伎町？你在隱瞞什麼？」

梶坐直身體，動動嘴唇。就在這時，梶身後的門打開了。

「時間到了。」

植村從椅子上跳起來。

「還有四分鐘！我要去控告你們妨礙面會！」
員警沒有看植村一眼，催促梶離開。梶深深地向員警鞠躬。
「拜託了，再給我一分鐘……懇求你了……」
員警似乎有點不知所措，低聲和門外的人說了什麼，然後又走出去。
梶直視著植村。他的眼神中充滿無盡的悲傷，植村被他看得有點畏縮。
「我的兒子生病夭折，我又親手殺了太太，但之所以這樣寡廉鮮恥地活著，是因為我相信，即使是我這樣的人，也有人需要我，有人讓我知道這件事，所以再等一年……只要一年……」
人間五十年——
植村把手掌放在隔板上。
「我聽不懂你在說什麼，是誰告訴你什麼？」
「我無可奉告，我至少要守護那個人……」
「但是……」
梶的臉湊過來。
「植村先生，你有想要守護的人嗎？」
植村的腦袋頓時一片空白。
他無法浮現任何一張臉和任何一個名字，不由得慌亂起來。

梶身後的門打開，員警和小峰一起進來，一臉不容爭辯的表情。

「請你不必再費心了。」

梶說完這句話，就走出接見室。

植村茫然地走下樓梯。

雨已經停了。他一走出分局，大批記者立刻圍上來，還有電視台的攝影機。他在人牆後方看到中尾洋平帶著期待和不安的臉。

好幾支麥克風伸到他的面前，老闆藤見泰造也站在旁邊。泰造用口水撫平兩道濃眉，一直在意自己有沒有被攝影機的鏡頭拍到。

植村猛然回過神。

他迅速思考。

要說什麼？要怎麼說？

梶去了歌舞伎町。只要自己如此斷言就好。這句話就足以證明縣警和地檢合作的劇本是謊言。植村揭露了前所未有的醜聞，他的臉、他的聲音會出現在全日本的電視上。

想到這裡，他感到不寒而慄。

他轉過頭。

分局大樓的三樓，架著鐵窗的窗戶……

他覺得梶似乎在那裡低頭看著自己。

植村甩開幻影。

機會……

這是最後的機會。

他握住拳頭，額頭冒著冷汗。

「各家媒體，都準備好了嗎？」

當看起來像是主持現場的記者問這句話時，周圍響起手機鈴聲。所有記者都把手伸進懷裡。

「植村先生，是你的手機吧？」

有人問。植村拿出手機一看，的確是他的手機在響。

「你先接一下電話吧。」

在記者的催促下，植村接起電話。

「啊，是我，是我。」

植村背對著現場的記者。

「什麼事？我正在忙。」

「啊，對不起，對不起，媽媽住院了。」

「住院！」

「你不必擔心，不必擔心，她只是有點累了。」

「我明天回去。」

「啊啊，沒關係，沒關係。不瞞你說，媽叫我不要告訴你，她說你每天忙著幫助別人，如果找你回來，會遭到報應。」

植村掛上電話，一大堆麥克風立刻伸到他面前。記者請他說話。

幫助別人……

植村開口，但是，他說不出話，回想起那雙充滿深沉悲傷的眼眸。

8

他在九點多回到家裡。

真實難得來到他面前，穿著讓他目瞪口呆的超短裙。

「爸爸，你在電視上看起來很不錯欸。」

「是嗎……」

「但是，我們家訂的報紙好過分，竟然亂寫說什麼那個警察去了歌舞伎町。」

真實說話的同時，轉頭看向廚房。

「媽媽！妳快點啦！我還要去寫功課。」

亞紀子跑過來，藏在身後的手上似乎拿了什麼東西。真實一把搶過來。

「你看！」

真實把一個扁平的紙盒遞到植村胸前，紙盒上綁著紅色緞帶。

亞紀子噗哧一聲笑出來。

「幹嘛露出這種奇怪的表情？不是你的生日嗎？」

五十歲。

紙盒內是一條領帶，無論顏色和圖案都很適合他的年紀……

植村沒有道謝，就走進臥室。

他從壁櫥內拉出紙箱，拿出一疊明信片，放在小書桌上。

他尋找著「W縣」的文字。

自己的人生至少勝過梶聰一郎。植村眼角瞥著紅色緞帶，一次又一次這麼告訴自己。

藤林圭吾之章

1

回程的新幹線沒什麼乘客。

藤林圭吾坐在窗邊的座位，心不在焉地望著車窗外倒退的雜亂霓虹燈。他在世田谷的家中過了週末，星期天搭最後一班下行的新幹線，準備回到目前工作的W縣。這樣的生活已經持續了兩年多，回程時的心情比去程時更沉重。因為在家裡看到的景象深深烙在腦海中。

父親漸漸崩壞。澄子為了照護父親疲憊不堪，面容憔悴。

父親今天也想出門理髮。他以前當法官時，每個星期都會去住家附近的理髮店理髮。耳朵下方和後頸都剃短的三七分髮型，是以「嚴謹耿直」為宗旨的父親在法庭上的形象。他的記憶似乎不時受到刺激，一天之中會有好幾次站起來，毅然地說，他要出門一下。

「爸爸，今天是星期一。」澄子戰戰兢兢地在他耳邊小聲說，父親用空洞的雙眼看向牆上的日曆。日曆從來不翻頁，永遠都是「星期一」。父親坐下來，開始看放在桌上的報紙。政治版、國際版、財經版……日復一日都看「星期一」的報紙。即使別人阻止他去理髮，他也不再像以前那樣吵鬧，但這正意味著他的病情惡化。

「罹患阿茲海默症的妻子啟子狀況很不樂觀，央求被告梶聰一郎殺了她——」

起訴書的這段文字帶著微微的怒氣，掠過藤林的腦海。那是去年年底，驚震整個社會的「現職警察殺妻案」，後天將是那起案子第一次開庭的日子。

「被告立刻決定殺害妻子，雙手掐住她的頸部，妻子當場因頸部被扼而窒息死亡。」

藤林在合議庭內以左陪席法官的身分承辦這起案子。三十七歲的他是擔任法官未滿十年，但可以獨立承辦案子的「特例判事補」，在合議庭的三名法官中資歷最淺，在這起案子中擔任受命法官，將由他起草判決文。

為什麼就這樣輕易殺害妻子？

真的已經充分照護了嗎？

新聞報導說，梶聰一郎在殺害啟子之後，並沒有立刻自首，而是去了新宿歌舞伎町，而且有媒體懷疑為了掩蓋這個匪夷所思的外出事實，縣警和檢方勾結，捏造梶的自白筆錄。

藤林發現有白色的東西飄過窗外，忍不住轉頭看向窗戶。東京一月很少下雪，還是已經跨越了縣境？窗外不見霓虹燈和高樓的燈光，只見零星的房子輪廓彷彿帶著憂傷，出現在昏暗車窗外。

每一間房子內，都有一個家庭的生活。有喜悅，有悲傷。應該也有像父親一樣，因病魔而喪失心智的老人，和很多為了照顧這些老人身心俱疲的家人。少子高齡化社會的失衡今後將越來越侵蝕家庭，帶走人們臉上的歡笑和平靜。

藤林輕輕嘆了一口氣。

社會大眾真的都認為法官不瞭解這種理所當然的事嗎？幾天前在電視上播出以司法改革為主題的特別節目，節目的內容仍然留在他的腦海中。法官都是不食人間煙火的恐龍法官。藤林真想讓那些好像在喊流行口號般高喊這些話的有識之士，看看自己的內心，看看自己是帶著多麼不捨的心情搭車往北。

他擔心的事不止一樁。

貴志似乎向澄子哀求，不想再參加社團活動。其實不必勉強參加，原本就是趕流行而已，並不是真的喜歡桌球。不，讓他養成半途而廢的習慣似乎不太好，而且也許會交不到朋友。那就鼓勵他再努力看看，繼續觀察一陣子？

雅美說想學電子琴。半年前，她大哭一場，終於放棄了鋼琴，現在竟然又提出這種要求……

最頭痛的就是剛搬來隔壁的大學教授，一直上門來抗議說兩棟房子之間的界線有問題。土地權狀一直放在父親租用的銀行保險箱內，翻遍整個家裡，才終於找到保險箱的鑰匙，但如果要去開保險箱，就必須在平日請假回去，跑一趟銀行。雖然必須抽空去一趟，問題是目前手上積了一百多起案子。還是請澄子去一趟？不，不行，父親以前甚至不讓母親去開保險箱，不知道裡面到底放了什麼……

2

一月十五日上午九點四十五分。W地方法院第一刑事部法官辦公室。

「今天的被告是四十九歲吧。」部長辻內在穿法袍時，對藤林說。

「嗯，是啊。」

「你有沒有看前一陣子的新聞報導？根據警察廳的統計，這五年期間，全國發生的殺人案件中，凶手年齡分布最多的就是四十九歲。」

辻內在說話的同時，看向牆上的鏡子。正在鏡子前整理頭髮的河井露出誇張的驚訝表情說：「是喔？是這樣喔？」

辻內得意地繼續說道：

「果然可以說，五十歲是人生的一個關卡。我也快五十歲了，所以能體會，這個年紀的人自尊心特別強，認為自己的事必須自己決定。聽說也有很多人在這個年紀自殺。隨著泡沫經濟崩潰，工作和人際關係都變得很辛苦，一旦突然遭到裁員，不敢告訴家人和朋友，結果就獨自悶悶不樂，最後就自殺或是去殺人。今天這起案子的焦點雖然是阿茲海默症的照護問題，但如果被告能夠找別人商量一下，或許就可以防止這種情況發生。這麼一想，就覺得很可憐。」

雖然藤林覺得辻內難得說這麼中肯的意見，但最後那句「可憐」的話，讓他聽了很不高興。

「但是部長，我認為今天的被告很難說是盡力照護。而且雖然不知道原因，聽說他殺了他太太之後，還把遺體丟在家裡，自己跑去東京。」

辻內立刻皺起眉頭，不悅地說：「藤林，千萬不能未審先判。」

辻內不提自己剛才說的那番話，訓了藤林一句後，轉頭看向門口。秋田書記官探頭進來通知說：「時間到了。」

擔任審判長的辻內走在最前面，右陪席法官河井、左陪席法官藤林——三個人按照等級的高低順序，依次走出辦公室。

走在法官專用的走廊上時，藤林有點後悔剛才的發言。辻內雖然表面和藹可親，但其實嫉妒心很強，而且很傲慢，不允許下屬提出意見或是反駁。目前他和地方法院的院長屬於同一個派系，兩個人的關係很好，即使犯了再小的疏失，他都會向院長報告。

要謹言慎行。藤林告訴自己。如果他把自己的考績寫得很差，導致被發配到外地的分院，就很難再像現在一樣經常回世田谷。

第三法庭。後方的法官專用門前掛了三件讓人聯想到魔術師的法袍。辻內看了一眼手錶，藤林跟著看看時間。上午十點整。「進去吧。」辻內小聲說道，走上三級階梯，推開對開的門。河井跟在辻內的身後。

一期一會。

藤林像往常一樣嘀咕道，跟著他們走進法庭。

3

「起立！」

法警高亢的聲音在沒有窗戶的法庭內響起，庭內所有人都站了起來。相互鞠躬後，辻內首先在法官席中央的審判長席坐下。在入座聲中，藤林在辻內左側坐下，低頭看向被告席。剛才走上三級階梯的高度，成為俯視者和被俯視者之間遙遠的立場差異。

梶聰一郎在拘留所的兩名員警戒護下，微微低頭坐在那裡。雖然看不清楚他的臉，但蒼白的脖頸和穿著拖鞋的腳讓人感覺很冷。

有三十個座位的旁聽席上坐了一半的人，加入司法記者協會的十三家報社記者都來了，但並沒有看到像是被告的家人，或是被害者家屬的人。最後一排的左側角落坐了五個身穿西裝的男人，表情都很凝重。他們應該是W縣警的人，但和那些經常出現在法庭上，確認被告發言的刑警不太一樣，也許是管理部門的人。梶引發的這起事件，對縣警整個組織造成很大的影響。

旁聽席上似乎沒有普通的民眾。在當今這個社會，令人難以相信的異常事件或是震撼的事件頻傳，即使在發生當時深受矚目，除非被告是名人，或是有驚人的醜聞、帶著獵奇事件的色彩，否則很難留在民眾的記憶中。即使仍然記得，事件本身要足夠刺激，或是能夠得到精神上的回報，才會讓民眾特地前來旁聽。現職警察、殺妻、阿茲海默症這些帶有社會性的名詞只會讓人心情憂鬱，無法成為「好戲」的宣傳字眼。

W地檢的三席檢察官佐瀨銛男坐在檢察官座位上，抱著雙臂，閉著眼睛，渾身散發出一如往常的冷酷氣氛。

辯護律師——雖然從資料上看過他的名字，但第一次見到這個名叫植村學的律師。這個頭頂有點稀疏的五十歲老男人看起來一副呆樣，聽秋田書記官說，他在東京執業失敗，去年才剛回到W縣。

無論之前的經歷如何，藤林暗中對植村充滿期待。他不是公設辯護人，而是被告方面自行委任的律師，一旦掌握對被告有利的證據，一定會追問縣警和地檢勾結，捏造梶的自白這件事。

「開庭——被告到前面來。」辻內嚴肅地宣布。

梶站了起來，邁著緊張的步伐走到發言台。

藤林注視著梶的臉，忘記眨眼睛。

他的雙眼純淨無垢，很自然地融入了臉上平靜的表情，完全沒有絲毫的討好或是豁出去的態度。藤林在法庭九年，深刻瞭解到漂亮的眼睛或是漂亮話未必代表一個人的本質，但覺得這個姓梶的男人那雙清澈的眼睛並不普通。

辻內先進行了人別訊問。

「姓名？」

「梶聰一郎。」

他的聲音很平靜，有點沙啞。

「出生年月日？」

「昭和二十七年三月二十三日。」

「年齡？」

「四十九歲。」

「職業？」

梶微微皺起眉頭。

「前……警察。」

「案發當時，你還是現職的警察嗎？」

「對。」

「當時的所屬單位和警階呢？」

「W縣警總部教育課副課長，警階是警部。」

藤林抬起眼睛。旁聽席後方的門打開一條縫，一個瘦瘦的男人走進來。

藤林曾經看過那張精悍的臉。他是W縣警搜查一課的幹部，記得他好像姓志木。

去年夏天，在一起強盜殺人的被告事件中，曾經因為另案逮捕的問題，成為法庭上的爭議點，遭到辯方攻擊時，他出庭作證的態度落落大方，不卑不亢，沒有刑警的傲慢，以條理清晰的辯才和辯方展開論戰攻防，法官最後做出對縣警有利的判決。

志木在最後一排的右側坐下，那五個看起來像管理部門人員的人心神不寧地挪動著身體。其中一個長得像在夜市賣的塑膠面具的年輕西裝男，向看起來是上司的男人咬著耳朵。志木沒有理會他們，目不轉睛地注視著站在被告席上的梶的後背。他看起來一臉擔心。雖然同樣都是縣警的人，但藤林覺得志木來這裡的目的和其他五個人並不相同。

辻內轉頭看向檢察官席說：「檢察官，請朗讀起訴書。」

佐瀨立刻起身。

「公訴事實——被告在平成十三年十二月四日晚上八點左右，於W縣W市新町四丁目八番九號的被告家中——」

佐瀨用鏗鏘有力的語氣朗讀著犯案當時的狀況，除了對辯護律師，對法官席也表現出咄咄逼人的氣勢，傲慢的態度似乎表示是檢察官在掌控法庭。

「罪名及法條。刑法第二〇二條，受囑託殺人罪。基於以上犯罪事實，請法官審理。」

佐瀨坐下，辻內向梶說明緘默權，接著問他是否承認罪狀。

「檢察官剛才所朗讀的起訴書公訴事實中，是否有不符合實情的內容？」

「沒有。」梶用明確的語氣回答。

辻內又轉頭看向辯護人席問：「辯護人的意見呢？」

植村雙手撐著桌子，微微起身說：「和被告一樣。」

辻內點了一下頭，讓梶回去被告席後，再度看向佐瀨。

「接下來開始調查證據，檢察官，請你進行開案陳述和請求證據調查。」

佐瀨拿著開案陳述要旨站了起來。

「檢察官根據證據證明的事實如下。」

開案陳述照例從梶的身世和經歷開始詳細說明。

「被告在C村出生，是父親梶政雄，母親梶常的次子，在當地的小學和中學畢業後，進入E町的縣立高中。該校畢業同時，參加警察考試，並順利合格。在W縣警察當巡查，之後歷經在G分局、O分局和L分局任職，二十六歲時和本案被害人，也是被告的妻子啟子相親結婚。升為警部後，在警察學校擔任教官多年，於平成十二年三月開始，擔任縣警總部警務部教育課副課長。」

接著開始說明他的家庭狀況。

「被告的父母很早就離開人世，被告和啟子、長子俊哉一起住在警察宿舍。平成五年，俊哉罹患急性骨髓性白血病，在隔年平成六年十三歲離開人世。之後就和啟子一起居住在父親留下來的房子。」

佐瀨喝了一口水，進入犯案經過和案發經過。

「被告的妻子啟子從兩年前經常頭痛和暈眩，便服用市售成藥，但身體狀況始終未見好轉，於是——

去年四月，梶硬拉著啟子去市立醫院就醫，診斷結果發現她罹患阿茲海默症。啟子去圖書館借了相關書籍，隱約察覺自己的病情。病情惡化的速度很快，經常搞錯日期和星期幾，有時候看了時鐘，仍不知道是幾點幾分。她變得很健忘，連續多次忘記重要的事。為了防止這種疏失，養成寫筆記的習慣，但經常忘記自己寫了筆記。」

藤林感覺到心跳加速，他無法冷靜聽這些事。

「啟子在夏天時確認自己的病況，不時說想死。在俊哉忌日的十二月四日，梶和啟子一起去掃幕。啟子打掃墳墓，也洗了墓碑，在墓前合起雙手祭拜很久，還含著淚說，如果俊哉還活著，今年就可以參加成人式了。

但是，啟子忘了這段記憶。回到家，天黑之後，開始大吵大鬧說，她還沒有去掃墓。梶一再告訴她『已經去過了』，也都無濟於事。

啟子甚至忘了俊哉的忌日。她哭喊著自己不再是母親，也不是人，吵著想要死，而且對被告說，希望死的時候還是母親，希望在還記得俊哉的時候去死，懇求被告殺了她，還把被告的雙手放在自己的前頸部說，拜託了，求求你殺了我。」

法庭內鴉雀無聲。

「以下犯案狀況如公訴事實所記載。」

佐瀨翻了一頁。

藤林低頭看著送到法官席上的開案陳述影本，之後是「案件發生後」的內容。

佐瀨開口。

「被告在犯案後，打算隨太太一起離開人世。隔天五日，一整天都在整理家裡，雖然多次自殺，但並未成功。六日他離開家中，在縣內東轉西晃，想要找地方一死了之，但遲遲下不了決心。七日清晨，他下定決心自首，於是前往W中央分局，供稱了本案的犯案經過，立刻被該分局緊急逮捕。」

藤林注視著旁聽席。

在縣內東轉西晃，想要找地方一死了之。報紙也曾經如此報導，不，應該說，大部分報紙都採納了「縣內說」，但是，他去新宿歌舞伎町這件事應該是事實。有具體的地名，就是決定性的證據，而且旁聽席上那五個人的反應，讓藤林如此確信。當佐瀨的口中說出「縣內」這兩個字時，那五個人的肩膀都垂下來，原本緊張的身體終於放鬆，只是還不知道律師的態度，因此這五人仍然緊抿著嘴唇。

「為了證明以上的事實，請求調查甲乙證據清單上所記載的各項證據。」

佐瀨的聲音響徹整個法庭，辻內跟著問：

「辯護人對檢察官請求調查證據有什麼意見嗎？」

藤林看向坐在律師席上的植村。

接下來正是勝負關鍵。

證據中包括梶的自白筆錄。一旦律師質疑自白的自主性，就會對採用該筆錄作為證據表示「不同意」，要求當初偵訊梶的刑警以證人身分出庭作證。

植村看著手邊的資料。藤林覺得時間很漫長。

椅子動了一下，植村微微站起來說：「我對甲乙均表示同意。」

藤林停止呼吸。

他看到坐在旁聽席上的志木站了起來。

辻內立刻說：「那就採用所有的證據加以調查，檢察官，請告知重點。」

「首先，甲證一號是W中央分局司法警察石坂昭夫製作的平成十三年十二月十日的偵查報告，被告在同月七日前往中央分局，供稱自己『殺害了妻子』，由此展開偵查——」

證據調查淡淡地進行著。

旁聽席上的五個人露出了輕鬆的表情，那個長得好像塑膠面具的人嘴角甚至浮現笑容。

簡直是一場鬧劇。

藤林握緊放在腿上的拳頭。

決定下次將在二月五日開庭後，第一次審判在平靜中結束。

4

十分鐘後，法庭的主要成員都集中在法官辦公室旁邊的小房間，討論今後的訴訟流程。除了辻內、河井和藤林三名法官以外，還有佐瀨檢察官和植村律師。

在這個被稱為小法庭的場合，也由審判長辻內掌握大局。

「呃，你是植村律師吧？你要傳喚證人嗎？」

「預計傳喚一名證人，是被告太太的姊姊，說是被害人的親姊姊會不會比較容易理解？」

「喔，請她作證的目的是？」

「主要是說明被害人阿茲海默症的病情發展，她知道被害人的病情相當嚴重。」

「時間呢？」

「大約十五分鐘左右。」

「就只有他太太的姊姊一個人嗎？」

「對，因為很難找警察同事出庭……」

「嗯，果然是這樣啊。」

藤林聽他們的對話時，感到很不滿。

植村同意捏造的自白筆錄作為證據採用，只有一個理由。那就是一旦真相曝光，會對梶聰一郎不利。新宿歌舞伎町。不光是地名讓人有不好的印象，梶也實際做了見不得人的事。植村知道，因此決定附和縣警和地檢勾結完成的捏造筆錄。也就是三方的利害一致。

不……

不是三方，而是四方。藤林認為完全可以這麼說。在植村回答「同意」的瞬間，藤林聽到審判長席傳來鬆一口氣的聲音。辻內看了新聞報導，「歌舞伎町」、「捏造筆錄」的字眼也一定進入他的腦海，所以認為植村有可能回答「不同意」。如此一來，就會拖延這起事件的審理。辻內討厭案子拖延，他親身瞭解到「加速審理，迅速判決」是出人頭地的捷徑。在他的內心深處，一定質疑這起事件背後有內幕，但他睜一眼閉一眼，希望趕快結束審理。

果然不出所料，辻內擠出笑容說：

「看起來沒有什麼爭議點，佐瀨檢察官，下一次開庭能不能進入論告求刑？」

「可以。」佐瀨冷冷地回答。他似乎早就看穿辻內的想法。

辻內又皮笑肉不笑地轉過頭問：

「植村先生，那你呢？如果加把勁，有沒有辦法完成結辯？」

植村有點為難地翻著記事本。

「好……應該沒有問題。」

「那就這麼決定了。」

辻內滿意地點點頭，就這樣決定梶事件的審理將速戰速決，在下次第二次開庭時結束審理，第三次開庭時宣判。這種情況並不罕見。雖然是殺人命案，但被告完全認罪，也沒有其他爭議點，以這種方式審理很正常。然而——

藤林感到不服氣。現職警察殺人事件可以這樣輕易審判嗎？這起事件中隱藏了阿茲海默症的照護問題，怎麼可以允許四方勾結，放棄查明事件真相？

然而，他無法提出質疑。既然檢辯雙方都沒有提及，即使真的存在，法官很難提出「有這樣的事實」。畢竟審判是針對檢辯雙方向法庭提出的證據進行審理。

「那就這樣——」

辻內準備站起來，這時，植村突然開口。

「我有一件事想要拜託法院。」

「什麼事？」

「梶聰一郎目前仍然有自殺的念頭，在他暫押地院的這段期間，請特別多加注意。」

藤林瞪著植村。

他認為這是植村希望獲得緩刑判決所使用的奸詐策略，無論在地院內或是地院外，拘留所的員警會隨時陪在被告身旁，被告根本不可能自殺。植村明知道這件事，卻特地提出這個要求，是希望法官認為梶深有悔意。受囑託殺人是介於能否被判緩刑邊緣的犯罪，所以植村採用這種方式。一旦獲判緩刑，律師除了委任費和差旅費以外，還可以獲得一筆後酬。

沒想到辻內信以為真。

「他這麼說嗎？」

他一定想到開庭之前那番關於「四十九歲」的論調，看他的表情，似乎在想像「被告在地院內自殺」的新聞標題。

「植村律師，被告這麼對你說嗎？」

「雖然並沒有直接這麼說，但他已經做好了在五十歲結束生命的心理準備。」

辻內看著手上的起訴書，確認被告的生日。

「三月二十三日……快到了，但是，他真的有這樣的心理準備嗎？」

「應該沒錯。」

回答的是佐瀨。

「啊？佐瀨檢察官也聽說這件事嗎？」

「他在家裡留了一張他寫的書法。『人間五十年』，到了五十歲，或是過了五十歲……我認為這就是他的想法。」

藤林感到驚愕不已。

姑且不論律師，沒想到檢察官也發表對被告有利的言論，而且還是出自向來被認為嚴厲無情的佐瀨之口。這難道就是縣警和地檢勾結的最好證明嗎？難道縣警拜託他，希望可以輕判嗎？

藤林輪流看著佐瀨和植村的臉。

兩個人的臉上都沒有陰謀的影子。

這是怎麼回事？

他突然想起梶那雙清澈的眼睛。

難道他們被那雙眼睛籠絡了嗎？讓他們發自內心想要拯救那個姓梶的男人嗎？

藤林感到極度煩躁。

他根本沒有好好照護，就掐死了共同生活多年的妻子。難道想暗示自殺，博取同情，試圖免除牢獄生活嗎？他把妻子的遺體丟在家裡，跑去歌舞伎町。歌舞伎町是日本最大的紅燈區，難道他能夠拍胸脯保證不是去尋歡作樂？如果沒有做虧心事，為什麼不在法庭上說明去新宿的理由？

在內心翻騰的疑問凝聚成話語，衝到喉頭。

「我想請教兩位，被告在自首之前，是否去了東京？」

植村大驚失色地看著藤林。佐瀨雖然看著前方，但可以發現他臉色大變。

「藤林──」

辻內制止他，但他並沒有打住。

「報紙上曾經報導，他去了新宿的歌舞伎町，我基於各種觀點，認為報紙所言不假。」

好幾道銳利的視線看向藤林。

「他的事，只有他自己知道。」

佐瀨不滿地說完後起身，植村也跟著他匆匆走出去。

辻內滿臉通紅。

「你這樣也算是法官嗎？」

藤林端正姿勢，轉向辻內。

「但他明顯在說謊，部長，你應該也發現了吧。」

「別說傻話了，審判要在法庭進行。」

「是他們在法庭外宣戰，煞有介事地說什麼他想自殺，試圖影響我們的心證。」

「我們不需要和他們爭辯，那是檢方和辯方的事。法官必須隨時保持冷靜和中立。」

「但是──」

「別再說了，你再說下去，我就讓你迴避這個案子。」

藤林咬緊牙關，把話吞下。

辻內站起來說：「你好好反省，你父親看到你現在這樣會傷心。」

5

藤林在傍晚五點離開地院。

三個同住在公寓型宿舍同棟樓的人一起坐上了黑色公務車。河井一句話都沒說，顯然不希望別人認為他和反抗部長的人是同類。不知道是否感受到車上的凝重氣氛，民事部的齋木在車上也始終沒吭氣。

藤林千頭萬緒。既覺得自己說太多了，又覺得沒有把話說清楚。兩種想法在內心天人交戰。

回到宿舍，收到澄子從東京傳來的傳真。父親在走廊上跌倒，右手的小拇指骨折了。

他立刻打電話回東京。

「妳辛苦了。」

「對不起。」

澄子的聲音聽起來很沮喪。

「妳不用道歉，最近看爸爸走路，就覺得他的手腳有點不太靈活。」

「嗯……」

「即使身體很健康，一旦無法順利傳達大腦的命令，就會變成這樣。妳沒辦法一天二十四小時都看著爸爸，就忘了這件事，今天早點睡覺吧。」

掛上電話後，藤林打開客廳的電暖器，躺在沙發上一個多小時。必須看的資料，必須寫的判決堆積如山，但他意興闌珊，沒有食慾。他很想連澡也不洗，就直接睡覺。

辻內的話在耳邊響起。

——你父親看到你現在這樣會傷心。

閉上眼睛，眼前浮現了父親的身影。那是坐在書房桌前的高大身影。

年幼時，父親對他而言，只是一個可怕的存在。沉默頑固，神經敏感，經常大發雷霆。假日或是在自家查閱審判紀錄或寫判決書的「自宅調查日」時，他從早到晚都關在書房內，禁止藤林找同學來家裡玩，說是會影響工作。他們住的宿舍是在死巷的深處，汽車無法進入，是理想的玩樂地點，但只要稍微發出一點聲音，父親就會打開窗戶大罵。無論玩球或是溜冰，他都會開窗叱喝，就連用蠟石在地上畫畫的聲音，父親也會反應過度。

父親還是一個孤高自許的人。他從來不和朋友來往，不參加親戚或是鄰居的聚會，好像把自己關在與世隔絕的地方。只有剪頭髮時會外出，對購物、旅行完全沒有興趣，藤林甚至懷疑父親幾乎從來沒有搭過電車和公車。如果是現在，會被當成是典型的「不食人間煙火的法官」遭到攻擊。父親應該做夢也不會想到，法官有朝一日竟然也成了世人的批判對象。

父親並沒有飛黃騰達，母親應該很辛苦。母親年輕時，在大學附近的平價食堂工作，在那裡認識了父親。七年前，父親退休，母親可能終於鬆了一口氣，結果在隔年春天就心臟病發作猝死。母親離開之後，父親就獨自住在世田谷的家中。

五年前，藤林從富山地方法院回到東京之後，漸漸發現了父親的變化。在東京的宿舍安定下來後，他不時去世田谷的家中探視父親。不久之後，就聽到理髮店的老闆提起父親的近況。在父親理完髮付錢時，會把整個皮夾遞給老闆，叫他「自己拿」。那是因為父親開始失去數字和計算能力，但藤林當時只是感到不解而已。

之後，他開始注意觀察父親的情況，發現父親許多奇怪的舉動。父親一天會吃四、五次飯；洗衣機裡的衣服已經洗好了，他又重洗一次。去理髮的次數越來越頻繁，從原本的五天一次變成三天一次，最後忘了去理髮店的路，結果向派出所求助。

父親向來沉默寡言，而且不交朋友，因此沒有及時發現病情。去專門醫院就醫後，診斷為阿茲海默型失智症，病情已經相當嚴重。

既然澄子贊成，他們便搬來和父親同住，沒想到不久之後，就接到要調去W地方法院的通知。他沒有向主管報告父親生病的事。他這麼做當然有原因，他擔心法院懷疑父親在退休之前，就已經罹患阿茲海默症。一旦產生這樣的懷疑，就會重新檢視父親過去審判的案子，如此一來，一輩子投入工作的父親未免太可憐了。

他曾經考慮拒絕接受調動，因為不想讓澄子獨自扛起照護父親的工作，但澄子半開玩笑說「比和宿舍的那些太太打交道輕鬆多了」。只要搭新幹線，短短三個小時就可以從宿舍回到家。他這麼告訴自己，最後決定獨自前往。

但是，澄子的辛苦超乎他的想像。父親的狀況越來越差。起床之後到上床為止，不停地要求吃飯，打開電子鍋、翻冰箱，有時候沾了渾身的屎尿在家裡走來走去。最傷腦筋的是，每天必須好幾次阻止他出門剪頭髮。他經常暴跳如雷，有時候甚至會動手推人，澄子的手上和腳上經常都是瘀青。

剛好政府推出照護保險制度，起初在意左鄰右舍的眼光，不敢利用，他們不希望大家知道「法官失智了」。

但不出一個月，就發現已經無法顧及那麼多。澄子身心都面臨崩潰的邊緣，他們向區公所提出申請。父親接受調查員的面試調查後，被判定「第二級需要照護」，同時建立了照護計畫。每個星期安排幾天讓父親去照護支援中心，讓澄子有喘息的機會，但父親十之八九拒絕去支援中心。目前仍然一樣，澄子每個星期最多只能有一次喘息的時間。

藤林站了起來。

他走進廚房，從冰箱裡拿出麵條準備炒麵。要好好吃飯，做好該做的工作。澄子今晚也很努力。

他的腦海中清楚地回想起梶聰一郎站在發言台的身影。

雖然明知道深入追究很危險，但是他仍然想要撕下梶的假面具，想要揭發他隱藏在那雙清澈雙眼後的本性。藤林認為自己應該很難克制這種衝動。

6

第一次開庭後的一個多星期以來，第一刑事部法官辦公室內的三個人的關係很不自在。

他們不再一起用餐，除了合議時間以外，辻內、河井都幾乎不和藤林說話。他們並沒有反目成仇，三個人都很忙，閒得無聊的人才會費盡心機玩職場霸凌這種把戲。

包括書記官在內，沒有人提梶的案子，只有辻內曾經用有點敷衍的態度對藤林說，你想怎麼處理都隨你。藤林也無法整天只思考那件案子，漸漸地不再去想第一次開庭後的爭端。

他手上的每一起案子都必須全力以赴。一期一會。他認為這句話充分說明審判的性質。這是藤林擔任法官時，父親傳授給他的唯一心得。一旦審判結束，就再也不會見到被告。正因如此，在法庭的時間要完全用在被告身上。藤林接受這個教誨。在茶道的世界，代表必須盡誠意款待客人的這句話，也可以用在審判上。

一月接近尾聲，藤林終於下定決心休假回東京。他必須去把銀行保險箱裡的土地權狀拿出來，解決和鄰居家的土地糾紛問題。住在隔壁的大學教授好像日本狐狸犬般吠得讓人無法安寧，而且藤林希望在一週後，梶案第二次開庭前，先解決麻煩的事。

S銀行世田谷分行——

藤林事先曾經多次和銀行聯絡。雖然總算找到保險箱的鑰匙，但最後還是沒有找到印章。為了這件事，藤林寫了好幾份文件寄到銀行，幸好因為藤林是法官，所以省略了不少手續。

來到分行後，他沿著右側的樓梯來到二樓，在通往保險箱的入口旁，用內線電話找來了銀行人員。他事先通知銀行，今天會來開保險箱，行員和代理分行長恭敬地迎接他。辦理完印鑑變更手續，在申請單上填寫必要事項後，行員終於帶他來到保險箱室。

87號。行員拿出鋁製的盒子，放在保險箱室角落的小房間內。

「請慢慢來。」

行員走出小房間，藤林吐了一口氣，打開保險箱的蓋子。

一打開保險箱，立刻看到土地權狀，還有……

他看到厚厚一疊信。

父親甚至不讓母親碰這個保險箱，藤林原本猜想裡面應該藏了春宮畫之類的東西。雖然他猜錯了，但看到最上面的信封上寫著女人的名字，忍不住猜想父親是基於另一個原因，不讓母親碰保險箱。

父親該不會在外面有女人……

山口八榮子。

藤林從信封中拿出信紙，粗暴地攤開後，看著信紙上的內容。

當時覺得您判得很重，很痛恨您，但在監獄內想了很多，很慶幸您判得這麼重，我發自內心覺得自己需要這麼嚴厲的教訓。如今我已經出獄，和之前交往的男朋友結婚，真的很感謝您。我決定日後要好好過日子，報答以前曾經傷害的人。

藤林鬆了一口氣，折起了信紙，再度把手伸進保險箱，解開綁住那疊信的橡皮筋。他以為那些也都是感謝信，沒想到再次猜錯。每個信封上都沒有寫字，別說沒有貼郵票，甚至沒有寫寄件人和收件人的名字。

藤林隨手拿起一封信，抽出裡面的信紙。

他突然懷念不已。

那是母親的字。

我覺得這個姓須川的人並不壞，只是缺錢才會誤入歧途。他的薪水只有你月薪的四分之一，但要養五個孩子，我猜想他很盡力了。我小時候家裡也很窮，很瞭解這種生活。當整天都吃不飽時，就會失去感情，不僅失去笑容，甚至無力生氣、哭泣。

藤林接連看著那些信的內容，每一封信都一樣，都是母親寫給父親的「信」。有些是很多年前的信，也有一些相對比較新，總共有四十多封信。

孤高自許的父親背後有母親支持，當父親難以判斷時，就和母親討論，徵求母親的意見。母親是父親唯一認識的「平民百姓」。

藤林整個人愣在那裡。

這些就是父親的寶貝？

藤林不知道是對身為法官的父親感到失望，還是瞭解到父母之間的感情後深受感動，他只知道自己的體溫正在上升。

7

二月五日。W地方法院第三法庭。

「島村康子女士，請妳到前面來。」

原本坐在旁聽席上有點年紀的女人推開了欄杆角落的門，走到證人台前。法警走過去，把證人出席單和筆交給她。

藤林看向旁聽席。

那五個身穿西裝的人坐在最後一排，搜查一課的志木獨自坐在稍遠處。旁聽的人和第一次開庭時相同。

他看向梶聰一郎。

他很平靜。可以這麼形容他。但是，他是殺人凶手。

法庭內響起辻內的聲音。

「姓名？」

「島村康子。」

「年紀呢？」

「五十六歲。」

辻內請證人朗讀具結文。

「請妳要說實話，一旦說謊，就會犯下偽證罪。辯護律師，你可以開始了。」

植村站起身。

「請問妳和被告是什麼關係？」

「他是我的妹婿。」

「那妳和被害人梶啟子是什麼關係？」

「她是我的親妹妹。」

「妳妹妹是怎樣的人？」

「她個性活潑開朗，很可愛。」

「我想請教妳妹妹罹患阿茲海默症的事。請問妳什麼時候發現的？」

島村康子微微偏著頭說：

「雖然不能說是發現，但我在兩年前就覺得不太對勁。她忘了我的生日。她每年都會送我生日禮物，過了一陣子後，我向她提起這件事，她顯然驚慌失措，頻頻向我道歉。」

植村點點頭。

「之後她的病情如何？」

「病情迅速惡化，我很擔心，經常去看她，她的狀況很不好，有時候會一天吃好幾次飯，有時候一整天都不吃。最令我驚訝的是，她認不出我了，竟然叫我媽媽。那一次我忍不住哭了。」

藤林感到有點喘不過氣。

植村繼續發問。

「妳妹妹發現自己生病了嗎？」

「是，她知道。」

「她有沒有和妳針對這件事說什麼？」

「從夏天之後，每次看到她，她就對我說很想死。」

「妳認為她只是隨便說說嗎？」

「不，我認為她是認真的。」

藤林聽到島村康子的語氣堅定，感到很驚訝。藤林可以清楚地感受到，她站在證人台上是為了救梶。

「妳對梶夫婦有什麼印象？」

證人聽了植村的問題後，露出愁容。

「他們的獨生子俊哉因為生病夭折……真的太可憐了……」

「他們夫妻的感情如何？」

「感情很好，即使旁人也可以感受到他們相互信任。」

「事件發生之後，被告是不是去了妳家？」

「對，他的確來過。」

「他去妳家幹什麼？」

「來向我道歉，說很抱歉，讓我妹妹遭遇了這種事。」

「妳怎麼回答？」

「我回答說，不必向我道歉。我一直認為，夫妻關係比兄弟姊妹更親。」

植村停頓了一下，慢條斯理地問：「請問妳恨被告梶聰一郎嗎？」

「不，我不恨他。」

「我問完了。」

藤林輕輕吐了一口氣。

律師訊問島村康子的理由很清楚，就是要她這個「被害人的姊姊」說出這句「我不恨他」。

辻內看著佐瀨。

「檢察官，你有什麼問題嗎？」

「沒有。」

佐瀨冷冷地回答，辻內看向前方。等證人回到自己的座位後，開始訊問被告。

「被告向前。」

梶走向應訊位置，停下腳步，抬起頭。

「辯護人，請發問。」

植村在辻內的指示下再度站起來，注視著梶的側臉。

「你現在是怎樣的心情？」

「我覺得做了無可挽回的事。」

「你兒子罹患白血病夭折了，對不對？」

梶聽到這個問題，身體搖晃一下。

「……是。」

「他沒有接受骨髓移植這種有效的治療嗎？」

「沒有配對成功的捐贈者。」

「如果有配對成功的捐贈者，就可以救他一命嗎？」

「我認為一定可以。」

梶在說這句話時很用力。這是自從開庭以來，他第一次用力說話。

「你兒子去世，你一定很難過。」

「是……」

「那你太太呢？」

「她變得不愛說話……差不多有半年時間都經常躺在床上。」

「忘記兒子的忌日，她一定很難過。」

梶低下頭。「對……我想應該是。」

「我問完了。」

辻內看著佐瀨。

「檢察官，請發問。」

「我沒有問題。」

辻內點點頭，把頭湊向右陪席法官河井，然後又轉頭小聲問藤林：

「有什麼要問的嗎？」

辻內的語氣很親切，難道他故意挖坑讓藤林跳，一旦藤林說錯話，就打算呈報院長，要求把藤林降職嗎？

藤林十指交握，探出身體說：

「那我想請教幾個問題，你知道有照護保險制度嗎？」

「是，我知道。」

「是從什麼時候開始的制度？」

「我記得……是前年的春天開始。」

「沒錯，也就是說，在你犯下這起案件時，已經有這個制度了。」

「是……」

「你為什麼沒有想到要讓你太太活下去呢？」

「因為……當時我覺得她很可憐。」

「你是為了你太太才殺了她，你是想表達這個意思嗎？」

梶垂下頭。

「請你把頭抬起來，其實你並不愛你太太，是不是這樣？」

旁聽席上響起一陣驚呼。

梶露出難以理解的眼神注視著藤林說：「我很愛她。」

「既然你很愛她，為什麼把她的遺體丟在家裡整整兩天？難道你不覺得她很可憐嗎？」

原本充滿平靜的那張臉扭曲起來。

藤林乘勝追擊。

「你真的打算跟著自殺嗎？」

「……是。」

「你在縣內東轉西晃，想要找地方一死了之。」

「是。」

「你到底去了哪裡？」

他切入核心問題。

就在這時，藤林感受到好幾道強烈的視線。

佐瀨看過來，還有植村，以及坐在旁聽席上的志木。

他們都露出相同的目光。

既不是威脅，也不是懇求。那到底是什麼？

藤林倒吸了一口氣。

他想到了完全符合眼前情境的字眼。

守護——

沒錯。無論佐瀨還是植村，或是志木，他們都不分敵我，每個人都超越了自己的立場，靜靜地守護著梶。

藤林感覺額頭冒著冷汗。

辻內把頭湊過來問：「結束了嗎？」

「不，還沒有。」

他無法退縮。

「你其實並不是在縣內，而是——」

藤林沒說下去。

梶的雙眼濕潤，看起來就像是又深又大的湖泊。

藤林似乎聽到一個聲音。

請不要再追問了——

藤林說不出話。

辻內轉過頭，看著藤林的臉問：「結束了嗎？」

「……」

「結束了吧？」

辻內輕輕咂著嘴。他果然在期待藤林在法庭上失言。

「被告回座。」

梶向藤林深深鞠了一躬，然後轉身走回去。藤林用空洞的眼神望著他離去的背影。

辻內看向左右問：「檢察官、辯護律師，雙方還有其他要舉證證明的嗎？」

「沒有。」

「證據調查到此結束，請雙方表達最終意見。首先請檢察官對被告的罪行進行論告。」

佐瀨站了起來。

「論告——在本法庭調查的相關各證據，充分證明本案的公訴事實，被告身為必須捍衛法律和秩序的警察，卻犯下此案，對社會造成極大影響，在衝動之下犯下此案，罪責極其重大。」

佐瀨堅毅的聲音響徹整個法庭。

「求刑——有鑑於以上的情況，引用相關法條，具體求處四年有期徒刑。」

太輕了。藤林忍不住想。雖然檢察官的論告很嚴厲，求刑時的定罪卻很輕。

「辯護人，請結辯。」

「結辯——我方完全承認公訴事實，身為警察卻犯下奪走人命的行為的確無從辯解，但請斟酌以下幾點對被告有利的狀況。首先，被告向警方自首，深刻反省自己的行為。第二，被害人的阿茲海默症病情發展……」

植林滔滔不絕地說著結辯內容。

律師、檢察官和搜查一課的刑警都不是為了私欲嗎？

而是為了梶聰一郎嗎？

藤林想起佐瀨說的話。他的事，只有他自己知道——

既然這樣，他們為什麼為了梶團結一心？

藤林難以理解。

藤林第一次體會到法庭內也有孤獨。

8

今天是宅調日。不去法院，而是在宿舍埋頭工作。

藤林坐在作為書房使用的三坪大房間內，為遲遲難以落筆感到煩躁不已。他正在寫一起強盜傷害案的判決書，但腦海中一直想著明天將在法官辦公室舉行的合議會議。

梶聰一郎。求處四年有期徒刑。

秋田書記官製作了過去一年的量刑表，根據這分量刑表，受囑託殺人和同意殺人的求刑大約在三年到五年期間，除了一起殺了兩個人的案子以外，判決都減少到三年以下的有期徒刑，而且都是緩刑。

但是，梶犯下此案時還是警察，而且是一開始就放棄照護行為的犯罪。他的妻子啟子只要能夠受到適當的照護，就可以度過平靜的餘生——

背後的紙拉門打開。

澄子悄然無聲地走過來，把紅茶放在旁邊的矮桌上。今天父親去了照護支援中心，澄子原本可以在世田谷好好休息，但她說可以來宿舍為他打掃，搭了新幹線來這裡。

藤林突然想到母親寫的那些信。

「澄子，我問妳。」

澄子準備走出房間時，藤林叫住了她。

「什麼事？」

「妳願意給我一點意見嗎？」

他要求澄子坐下，花了一個多小時，把梶事件從頭到尾告訴她。澄子把托盤放在腿上，微微偏著頭，仔細聽他說話。時而點頭，時而輕輕擦拭眼角。

「妳對這起案件有什麼看法？」

「我哪有可能表達什麼意見……」

「說吧，我想聽妳的意見。」

澄子低下頭，注視著榻榻米上的某一點。

「妳很瞭解照護的辛苦，而我不瞭解實際情況，所以無論如何都想聽聽妳的意見。」

「好吧。」

澄子重新坐好，挺直身體。

「我認為這個姓梶的人很溫柔。」

「啊？」藤林大吃一驚。

澄子注視著藤林。她直視的眼神很有力。

「爸爸也對我說過。」

「說過什麼？」

「爸爸說，希望我殺了他。」

藤林覺得好像被推入黑暗。

「怎麼會……我沒聽妳說過。」

「我想你應該會難過，就沒告訴你。」

「什麼時候的事？」

「大約兩年前，那時候他偶爾會很正常，他可能感覺到自己的狀況越來越嚴重，所以很害怕，於是就對我說，希望我下決心殺了他，讓他一死了之。」

藤林仰頭看著天花板。

「我做不到，我怎麼可能有辦法殺人……」

「嗯，那當然，妳不可能做那種事。」

澄子注視著藤林的雙眼濕潤。

「但是，我當時經常想，希望他消失，心裡總是這麼期待。希望他出門剪頭髮後，就不要再回來。」

「啊……」
澄子的聲音因為激動變得很尖。「我希望他自己去死。」
「澄子！」
雖然藤林制止，但澄子繼續說道：
「所以，我覺得這個姓梶的人很溫柔，他深刻瞭解他太太的想法。對母親來說，白髮人送黑髮人不是最痛苦的事嗎？如果貴志或是雅美死了，然後我知道自己忘了他們的忌日，我也一定很想死，一定會求你讓我死。」
藤林全神貫注地聽著，甚至忘了眨眼睛。
「我相信梶先生應該充分瞭解這一點，才會不惜髒了自己的手，殺了他的太太。」
「……」
髒了自己的手——
「對不起，我可以去忙了嗎？」
她想獨自哭泣。
澄子站了起來，但膝蓋一軟，手撐在榻榻米上。她白皙的手背上有一塊瘀青還沒有消退。
藤林說：「謝謝妳。」

「啊？」

「真的很謝謝妳照顧爸爸……」

澄子來不及走出書房，大滴的眼淚就滴落在榻榻米上。

藤林轉身面對書桌。

因為他很溫柔……

佐瀨、植村和志木都發現了他的溫柔，所以……

藤林搖搖頭。

不。

如果梶的行為是溫柔，那這個世界上沒有溫柔也罷。

自己會選擇澄子的溫柔。

不動手殺人的溫柔——

藤林拿起筆，在便條紙上用潦草的字寫下——

『主文　判處被告四年有期徒刑。』

不判緩刑，而是根據檢察官求刑，判處四年有期徒刑。他這麼決定了。

梶聰一郎。三月五日開庭判決，將是最後一次見到他，這輩子應該再也不會見到他。但是，自己一輩子都不會忘記這個名字。

一期一會。

藤林再次深刻體會這四個字的含義。

古賀誠司之章

1

打開窗戶。

空氣中有清晨的味道。雖然還有點寒意，但應該冷不了多少天了。他從保安管理大樓二樓教化部門辦公室的窗戶探出頭，灰色的水泥高牆剛好在視線的高度。他微微抬起視線，看著遠處被晨霧籠罩的街道深呼吸。這是他三年前調到M監獄以來，每天必做的事。

古賀誠司摸索著窗櫺。

他在用力吐氣時，感到視線突然變得模糊。最近不時會發生這種情況，但並不是像暈眩這麼嚴重，應該是經常在電視廣告中聽到的「眼花」，古賀為這種症狀取了「老人眼」的名字。每次視野變得模糊，他就自嘲地嘀咕著「老人家，老人眼」，然後揉著眼睛。

——沒關係，再撐一年就好了。

明年春天，他就要退休了。四十年的監獄官生涯將畫上句點。

古賀的雙眼恢復清晰後，將視線向下移。舍房和工廠的屋頂反射著朝陽，看起來格外刺眼。一天的工作開始之際，內心已經沒有絲毫的鬥志，更沒有湧起任何熱情和使命感。

平安無事。他好像在唸咒語般小聲嘀咕，這也是他每天早上必做的另一件事。

關上窗戶，春天的氣息就被擋在窗外了。不知道明年會在哪裡感受春天的腳步。是兒子和媳婦住的北海道？還是住在某棟可以看到這座監獄高牆的公寓？

古賀走向門口，辦公桌整齊排列的寬敞辦公室內沒有人影，靜悄悄的。他走出辦公室，走下樓梯，用鑰匙打開通道的門，走進舍房。

牆上的擴音器中傳來鳥鳴聲。清晨六點四十分。起床時間到了。

古賀沿著通道往右轉，走向「二舍一樓」。那個區域是收容剛入監受刑人的「新入監者獨居房」，古賀平時向來都很早來上班，今天比往常更早是有原因的。因為檢察廳方面透露，昨天入監服刑的男子「有自殺的可能性」。

編號三四八。梶聰一郎，四十九歲，前W縣警警部，因罹患阿茲海默症的太太懇求他殺了自己，於是他就掐死了太太。W地方法院在一審時以受囑託殺人罪判處他四年的有期徒刑，梶沒有上訴，判刑定讞。

M監獄覺得來了一個麻煩的「監犯」，古賀也有同感。萬一出了什麼事，長官一定會讓管理所有管理員的古賀扛起全部的責任。

古賀在獨居房前的走廊上看到值夜班的麻田，他正在巡邏各房。古賀的內心有點不平靜。之前一直以為他是忠實的下屬，但最近才發現並非如此。

古賀小聲叫了麻田後問：

「那傢伙怎麼樣？」

「已經起床了，並沒有什麼特別的狀況。」

「是嗎？辛苦了。」

古賀說完，走到「五房」門前，拉開了監視孔的蓋子，向獨居房內張望。

身穿草綠色囚服的梶聰一郎彎著腰，正在一坪多大的房間中央打掃。他昨天才剛入獄，動作還不俐落。

古賀觀察著梶。

和昨天看到的印象相同，那不是陷入絕望的臉。清澈的雙眼炯炯有神。古賀和受刑人打交道四十年，一眼就可以看出受刑人的監禁反應和精神狀態。梶的雙眼充滿活力，顯示對「外界」有具體的目標和希望，意味著他和自由世界的人之間存在著「羈絆」，進一步而言，有這種眼神的受刑人不可能自殺。

但是……

只不過並不知道到底是什麼「羈絆」。昨天，古賀仔細讀了梶的所有資料，但在資料上完全找不到任何可能成為他心靈支柱的人。不，越是仔細閱讀他的經歷，越發現他親手殺害的妻子是他唯一且絕對的羈絆。

梶和妻子啟子的獨生子俊哉已經病逝。俊哉在平成五年罹患了急性骨髓性白血病，在翌年十二月，年僅十三歲就夭折了。梶的父母和兄弟都已經離開人世，雖然祖父還活著，但完全沒有來往，所以，梶除了和他共同擁有失去兒子悲傷的啟子以外，並沒有任何能夠和他相互扶持的人。

他殺了啟子。雖然是在啟子的要求之下動手，但他在衝動之下，殺害了成為他最後羈絆的啟子，因此在接到檢察廳「梶對生命感到絕望，可能會自殺」的聯絡時，古賀完全能夠理解。負責梶事件的W地檢三席檢察官佐瀨銛男親自寄了這封信。有三項具體的根據，首先，梶在殺害啟子後，曾經在家中自殺失敗。其次，他供稱曾經東轉西晃，尋找地方一死了之。而且他在自首之前，題下『人間五十年』。除了這些事實以外，佐瀨檢察官根據在偵訊時的感覺進行綜合考量，寫下「雖然他一度打消自殺念頭，但可以察覺他會在五十歲或是五十一歲時自殺」的意見。

梶即將「五十歲」。三月二十三日，後天就是他五十歲生日。

「準備檢查！」

麻田的聲音響徹整個走廊。

古賀再度看向監視孔，剛好和梶四目相對。古賀在內心愣了一下，因為他看到一張不像是警察的平靜溫和臉孔。

古賀用力打開獨居房的門。萬事開頭最重要，只要有一絲覺得受刑人很難對付的意識，今後就很難管教。古賀藉由無預警的突然開門的動作，明確界定支配和被支配的關係。

梶恭敬地鞠躬。「早安，請問——」

梶的話還沒說完，古賀就以嚴厲的表情和語氣制止他。

「昨天沒有人告訴你嗎？」

「啊……」

「看到監獄官時，要報上編號和名字。想要發言時，要先說『我要發言』。」

梶換上嚴肅的表情，立正站好。「三四八號，梶聰一郎。我想要發言。」

「不用說『想』。」

「我要……發言。」

「好。」

「請問接受檢查時，我該做什麼？」

「只要坐在房間等待就好。」

「是。謝謝長官。」

古賀凝視著坐下的梶。眼前這個男人會在兩天後自殺。他努力戴上有色眼鏡觀察，卻沒有任何新的發現。他可以斷言，梶聰一郎現階段並沒有自殺的前兆，為梶帶來活下去動力的羈絆果然在「外面」——

古賀走在回辦公室的通道上，忍不住想像。

失去心愛的兒子，又殺了妻子，只剩下孤獨一人的男人，到底有什麼理由讓他想要繼續活下去？是怎樣的羈絆成為梶的心靈支柱？而且，這個羈絆會在梶五十歲或是五十一歲時消失。

他還是無法想像，完全沒有頭緒。真的有人下定決心，活到一定的年紀之後就自殺嗎？簡直就像是定時炸彈，或者是惡質的預言。

果然是「那個」嗎？

古賀走上樓梯時思考著。

解謎的關鍵或許在「歌舞伎町」。梶聰一郎在殺害妻子啟子的第三天早上才去警局自首，自首之前行蹤不明，各家報紙都稱之為「空白的兩天」，只有《東洋新聞》寫出答案，報導中說，梶從W縣搭新幹線前往新宿歌舞伎町。

既然這樣，他的羈絆就在歌舞伎町……

古賀猛然抬起頭。他聽到電話鈴聲。古賀快步走進辦公室，衝向最深處的教化部長辦公桌。

「你好，這裡是部長室。」

「我是W縣警搜查一課的志木。」

一絲緊張從耳朵傳向大腦。

「我是矯正教化組長古賀，請問有什麼事？」

「是關於以前在我們縣警任職的梶聰一郎的事，我照會了拘留所，聽說已經下去你們那裡了。」

「這樣啊。」

古賀不置可否地回答。聽對方說話的語氣，還有把入監稱為「下去」這種獨特的措詞，可以判斷這個姓志木的人應該是警察，只是無法確定。

志木似乎認定梶在這裡，繼續說道：

「我想瞭解梶的情況，請問他目前的情況如何？」

古賀猜到對方打這通電話的目的。W縣警想瞭解梶是否有自殺的跡象。

「你這麼問，我也不知道怎麼說……」

古賀含糊其辭。即使對方是警察，也不能透露受刑人的隱私。矯正機關的秘密主義應該比警察組織更徹底。而且這裡收容的是三四八號受刑人，並不是叫梶聰一郎的人。

「我知道這麼問很失禮，可以請你告訴我嗎？」

志木繼續問道，古賀有一種被逼入絕境的感覺，他不知道打電話來的志木到底是什麼身分。雖然應該是梶以前的同事，但根據判決謄本，梶在犯案時並不是刑事部門的人，而是教育課的副課長，所以志木並不是梶的朋友，而是負責偵辦這起案子的人嗎？

志木打破沉默。

「我想和梶見面，可以嗎？」

「只有家屬可以接見。」

古賀說了原則後，壓低聲音說：

「總之，我幫不上任何忙，請透過上面下達指示。不好意思，我在忙，那就先這樣了。」

「古賀先生，請等一下。」

志木突然叫了他的姓氏，古賀有點慌亂。

「你別這樣，我和你沒有任何關係，更何況這麼早打電話來，也未免太沒常識了。」

「關於這件事，我可以道歉，因為我想趁夜班的人回家之前瞭解一下情況。只要你說一句話，我就馬上掛上電話，請你告訴我，梶的情況怎麼樣？」

「那我就這麼告訴你。雖然我不知道什麼姓梶的，總之從昨晚到今天早晨，我們這裡沒有任何異常狀況。就這樣。」

古賀一說完就掛上電話。

原本就覺得那是個麻煩人物，心情已經無法平靜，他不想讓事情變得更加複雜。那個志木的強勢態度讓他感到煩躁，多年來對警察的反感在內心再次抬頭。

古賀雙手撐在部長的辦公桌，他只能維持這個動作，等雙眼重新聚焦。

——老人眼。

古賀不悅地嘀咕道。

今天是每週一次的幹部會議。想到必須在上司來上班之前寫好發言的內容，內心就不由得著急起來。

2

M監獄的監獄官會議在上午十點開始。除了本橋典獄長以外，各部門的幹部也都會參加這個會議。教化部門的櫻井部長、竹中課長、狩野首席、光山上席都將與會，組長古賀坐在末座。

今天的會議有幾個議題，但最重要的議題當然就是「梶」。

櫻井部長說明大致的情況後，本橋典獄長抱起雙臂，會議室內頓時陷入一片寂靜。典獄長說的每一句話都會成為全體職員努力的目標和規則，甚至是整個監獄的空氣。

本橋看著櫻井問：「警部是後天生日吧？」

「沒錯。」

「實際情況怎麼樣？他看起來真的想要自殺嗎？」

看本橋典獄長的表情，他顯然很擔心因為這件事鬧上新聞。

櫻井向古賀使了一個眼色。

「關於這件事，請古賀組長向大家報告。」

古賀吞著口水，拿起便條紙站起來。

「在此向各位長官報告至今為止，監視三四八號的情況。昨天從辦理入監手續到就寢為止，並沒有任何異狀。夜晚期間，指示夜班人員將原本每十五分鐘一次巡邏縮短為每十分鐘一次進行觀察，沒有任何異狀，受刑人睡得很熟。今天早上起床動作迅速，早餐也都吃完了。服刑態度極其順從，對監獄官的態度沒有絲毫的抗拒。剛才我去看了在運動場進行的新人訓練，發現他和其他人一起，在特警隊員的指導下，滿身大汗地接受行進訓練。報告完畢。」

本橋問：「你的意見呢？」正準備坐下的古賀又站了起來。

「目前並沒有發現任何企圖自殺者常有的不安言行。」

「你的意思是說，他看起來不像會自殺嗎？」

古賀沒有點頭。因為庶務課的人正在做會議紀錄。

「我無法斷定。」

他說出事先準備好的話，本橋皺著眉頭，板著臉看向山村會計課長。

「檢查扣留物品的情況如何？」

山村慌忙翻著手邊的資料回答說：

「他攜帶的物品很少，除了皮夾、手錶和駕照以外，還有衣物和內衣褲，並沒有特別的東西。」

在場的所有人都想起半年前的自殺未遂事件，試圖在舍房內自殺的受刑人帶著父母的牌位。

本橋用力吐了一口氣。「難道是檢方要我們嗎？」

沒有人回答。本橋是高考組的典獄長，大家都知道他和檢察官之間有強烈的同族意識，所以不知道該不該點頭同意。

「而且完全搞不懂什麼五十歲就要死，或是五十一歲才要死的說法，檢方是不是向我們隱瞞了什麼？」

眾人聽到他這麼說，才終於紛紛點頭。

古賀也感到不解。《東洋新聞》的報導並不僅僅說明了梶那「空白的兩天」，還揭露W縣警和W地檢勾結，把梶實際去了歌舞伎町的行為，改成在縣內東轉西晃，想找地方一死了之。

這篇報導絕對是頭號獨家，沒想到卻不了了之，其他報社並沒有跟進報導，電視新聞完全沒有提及，送來監獄的檢方資料和審判紀錄中，更是從來沒有出現「歌舞伎町」這四個字。《東洋新聞》的報導有可能是誤報，但M監獄從典獄長到普通的管理員，沒有人認為檢警沒有隱瞞真相。因為每個人內心都有兩三個隱瞞監獄內醜聞的痛苦記憶。

「會不會是年輕時在外面生的女兒在歌舞伎町上班，他在自首前去見了那個女兒，說服她做正常的工作？」

本橋突然這麼說道，然後看著所有人。其他人一時不知道該怎麼回答，馬屁精狩野首席深深點頭說：「很有可能。」

──『人間五十年』要怎麼解釋？

古賀忍不住在內心反駁。

本橋好像聽到了古賀的反駁似地說：「不，搞不好是兒子。」然後開始賣弄他的藝文造詣。

「人間五十年，這句話出自織田信長喜歡的幸若舞『敦盛』，是熊谷直實在一之谷戰役中討伐敦盛的故事，把來不及逃走的敦盛按倒在地，但想到敦盛和自己的兒子同年，就忍不住感到不捨。原本想讓他逃走，但周圍都是源氏人馬，只好含淚殺了他……」

本橋停下，伸長脖子問：「古賀，我記得警部的兒子是不是生病死了？」

「對，沒錯。」古賀在回答的同時，把椅子向後挪，整個人站起來。

「如果還活著，現在幾歲了？」

「剛好二十歲。」

古賀坐下來之後，發現掌心冒著冷汗。還好他想過這件事好幾次，才能夠回答。

本橋沉思著。狩野隨時做好只要本橋一說話，他就馬上附和的準備，但本橋沒有說話。本橋一定假設梶有一個二十歲的私生子，然後由此展開推理。但即使真的有私生子，仍然想不出為什麼梶聰一郎要在五十歲或是五十一歲時自殺的合理解釋。

本橋輕輕嘆了一口氣，似乎放棄思考。

「總之，明天晚上是關鍵。」

古賀又從椅子上彈起來。「我明天也會住在這裡，和夜班的人一起值夜班。」

「要把他送進保護房嗎？」

「不，我認為不要有任何變化或刺激比較好，打算讓他繼續住在新入監者獨居房觀察。」

「好，要格外小心謹慎，隨時牢記警部一定會自殺這句話。監獄內絕對不能發生自殺意外，更何況他以前是警部，如果他就這樣死了，我們和警察之間的關係也會出問題。執行刑罰的基本精神，就是貫徹人間大愛的人道主義，要對警部的自殺防患於未然。今天的會議就到此結束。」

古賀帶著緊張的心情離開會議室。

他沒有去辦公室，直接去了考查室。他覺得自己被迫背負起這件麻煩事的所有責任，他再次體認到，這次收了一個麻煩的受刑人。

梶聰一郎正在考查室聽「新入監者教育」的課，和二十名左右新入監的受刑人一起，正在專心聽教育組長上課。他們似乎已經學了三大禁止原則——禁止交談、禁止張望、禁止擅自離席。即使古賀在前面兜轉，梶仍然直視前方，一動不動。

古賀仔細觀察他的表情。

和早上沒什麼兩樣。也許是因為要記一大堆監獄規則的關係，看起來有點緊張，但無論是那雙寧靜的雙眼，還是沉靜的嘴，都像修行僧般沉穩。

古賀有一種不可思議的感覺，當他注視梶時，有一種鬆口氣的感覺，內心的浮躁會漸漸消失。

古賀經常認為受刑人可以分為兩種：一種是因為惡劣的成長環境，和當事人與生俱來的個性，遲早走到這一步的人。另一種是如果沒有意外，照理說不該出現在這裡的人。當然，兩者只有些微之差。從這個角度來說，在外面的所有人都有可能進來這裡。

但是，他覺得姓梶的男人應該是最不可能出現在這裡的人，他那雙看了四十年受刑人的眼睛這麼告訴他。

他帶著複雜的心情回到辦公室。

在辦公室內等待他的是狩野首席的一雙怒目。雖然他的年紀比古賀小一輪，但絲毫不客氣。

「古賀，你要收斂一下愛出風頭的習慣。」

「啊……」

「就是剛才的會議，關於明天晚上夜班的事，由我來決定，我來發言，你不要越組代庖，你只要執行我下達的命令就好。」

這個整天拍所長馬屁的年輕人用直截了當的話，重申了支配和被支配的關係。

3

宿舍越來越冷了。

古賀把剩菜放在暖爐桌上，打開杯裝日本酒的蓋子。自從九年前，妻子羅患子宮癌去世之後，他就沒有吃晚餐的習慣了。

他從暖爐桌旁的榻榻米上拿起一張明信片。明信片上是一望無際的綠色草原，蔚藍的天空就像是用顏料畫出來的。他翻過來。他每天都會拿起這張兩年前寄來的明信片看了又看，寫了地址的鋼筆字都快看不見了。

北海道日高支廳靜內。

他知道老婆美鈴死了之後，自己和兒子會越來越疏遠。明彥說要培育賽馬，他無法支持這種好像痴人說夢的事。明彥和牧場老闆的女兒結婚，然後就在北海道住下來。古賀只看過媳婦和孫子一次……明信片上淡淡地寫了一句：「你退休之後，要不要來這裡？」他每天看這張明信片，只為了看這行字，但越看越覺得不可能就這樣厚著臉皮去找兒子。他不需要同情，與其到時候被當成累贅，還不如死了算了。

古賀把明信片放回固定的位置。

下酒的既非小菜，也不是明信片，而是上司的臉和說的話。今天是狩野首席說的話，昨天是竹中課長，前天好像是櫻井部長。

古賀咂著嘴站了起來。他忘了把洗好的衣服收進來。打開窗戶，伸手收衣服時，看到那道高牆。隔著馬路，M監獄的水泥圍牆聳立在昏暗中。他有時候會陷入一種錯覺，一時搞不清楚自己到底在圍牆內還是圍牆外。

——不必理會古賀那老頭，他只會對長官點頭哈腰，也算是吃了四十年牢飯。

三天前在更衣室聽到麻田說的話清晰地在耳邊響起，不小心聽到別人對自己真實評價的人很不幸。當時麻田在置物櫃的另一側，對新來的管理員說這句話。「吃牢飯」是監獄官之間蔑視受刑人的暗語，麻田嘲笑古賀，把對長官畢恭畢敬的古賀，比喻成諂媚討好監獄官的受刑人。

古賀喝了一口杯裝日本酒。

他也覺得自己的人生既無趣味，也不特別。他在貧窮村莊的農家長大，在家中排行老三，沒有農地可以繼承。雖然只能向外發展，但他並不是主動選擇監獄官這條路。如果不是高中劍道社的學長勸說，他至今仍然搞不懂監獄官和警察的差別。

剛當上監獄官時，他很努力。貫徹人間大愛的人道主義。年輕的時候，他可以滿不在乎地把公家機關這種肉麻的口號說出口，他那時候相信只要努力工作，一定能夠引導受刑人走上更生之路。他隨時提醒自己，要成為對受刑人有益的「管理員」，發自內心希望可以成為受刑人依靠的「老爺子」，也的確曾經在受刑人出獄時，和受刑人感受同樣的喜悅。然而……

古賀栽了跟斗。

不，真正栽跟斗的是一個姓牛田的年長監獄官。他個性開朗豪爽，很有老大的氣派。後輩都很尊敬他，受刑人也都很喜歡他，牛田正是古賀心目中「老爺子」的理想形象。

沒想到牛田出事了。他當了「信鴿」。他受一個以前經營脫衣舞場，目前正在服刑的老闆之託，成為那個老闆和外界的聯絡人。那個老闆和黑道關係密切，經營很多非法生意。面會時有管理員監視，無法明說的內容，都透過「信鴿」傳達。牛田落入金錢和女人的陷阱無法自拔。

牛田的惡行被內部人密告而曝光，牛田跪在保安課長面前，哭著哀求不要把他交給警察。古賀至今仍然無法忘記在偵訊室外聽到牛田說的話。「救救我，我不想坐牢。」

但是，事情並沒有在牛田遭到懲戒免職後落幕，在典獄長的命令下，徹底清查是否有共犯。古賀成為頭號嫌疑者。這也難怪，因為古賀很尊敬牛田，從早到晚都跟在牛田身邊。古賀接受嚴厲的偵訊，整整兩天兩夜，不能吃也不能睡，連續偵訊。他堅決否認無中生有的共犯關係，但被逼迫承認隱約發現了牛田的「信鴿行為」，受到減薪處分。這也是古賀無法升遷的原因。

偵訊帶來的恐懼感深植他的內心，他的精神幾乎處於崩潰的邊緣。他在組織內沉默了，喪失努力工作的熱情，只是誠惶誠恐、膽戰心驚地過日子。他曾經考慮過辭職，但老家的村莊已經沒有他可以回的家，也沒有工作可做。不，不光是這樣，他現在很清楚自己沒有找其他工作的真正理由。

那就是支配欲。即使在外面被認為是小屁孩的年輕人，一旦踏進監獄，就得絕對服從。幾十個、幾百個人絕對服從自己。古賀享受著這種快感，無法輕易放棄。接受偵訊那種被支配的恐懼和屈辱曾經深植內心，古賀藉由支配那些像無力的羊一樣的受刑人，漸漸得到療癒。

不久之後，監獄以驚人的速度推動改革，引進徹底的獄政管理，杜絕「信鴿行為」和獄中暴力。規則更加嚴格，罰則很重。最典型的例子就是「禁止私語」。監獄剝奪受刑人的發言和談話權，而且也波及到監獄官。監獄官不得和受刑人私語，杜絕「老爺子」的出現。這對古賀來說，或許是一件幸運的事，只要埋頭獄政管理，按規定行事，就沒有人知道他喪失了協助受刑人改善更生的熱情，可以繼續當監獄官。

古賀喝了一口酒，咕嚕一聲吞下。

他沒有想到歲月真的稍縱即逝。雖然那次偵訊讓他身心受創，他在黑暗中走得戰戰兢兢，但在內心深處，仍然相信人生會有新的發展，會出現良好轉機，會出現逆轉。但什麼都沒發生，一路走來，都是沒有深淺、平淡無奇的人生。美鈴的死和明彥去北海道，讓他的生活寂靜無聲，最後，他只能依靠工作，一做就是四十年，如今只剩下浮出肋骨的乾瘦身體和更加乾枯的心。

他醉了。

他早就喝過量。他知道為什麼會喝那麼多。

梶聰一郎。

對那個男人來說，人生到底是什麼？活著和死亡到底有什麼意義？

電話鈴聲響了，古賀嚇了一跳。他感覺就像是梶有什麼話要說，所以特地打來。

他猜對一半。打電話來的是清晨打電話到辦公室的志木。

「今天一大清早打擾，真的很不好意思。」

古賀雖然已經有了醉意，但還是發揮最高等級的警戒心。監獄官家裡的電話號碼是機密中的機密，即使是警察，也不可能在一天之內就查到。

「有什麼事嗎？」

「關於梶聰一郎，今天一整天，有沒有什麼異常情況？」

「我不認識你說的人。」

「我聽說你是負責人。」

古賀忍不住咂著嘴。不知道是哪一個幹部透露的，有不少人和警方關係良好，因為在錄用監獄官時的身家調查，至今仍然需要委託警方進行。

「你真熱心啊，之前就聽說警察向心力很強，沒想到真的是這樣，太驚訝了。」

古賀語帶諷刺地說，沒想到志木回答的聲音很冷靜。

「這樣有問題嗎？當組織的成員發生狀況時，整個組織就要照顧他，我認為這是理所當然的事。」

「呃……」

「平時為了組織赴湯蹈火，發生狀況時，組織卻不伸出援手，誰願意在這種組織工作？」

古賀覺得志木似乎豁出去了。

「你們把這種話掛在嘴上，所以人家才會說警察都包庇自己人。」

「別人要怎麼想是他們的自由，但警察絕對不會包庇自己人。組織向來都明哲保身，一旦認為對組織不利，就會毫不留情地切割。」

志木的這句話，似乎在批評警察內部。

古賀雖然有點驚訝，但不會因此對志木這個人產生興趣。

「總而言之，我早上說了，我們這裡沒有任何異常情況，除此以外，我無可奉告。」

「梶有沒有說什麼？」

「我已經說了，這些事無可奉告，更何況……」

古賀忍不住心浮氣躁。

「在你問什麼事之前，不是應該先主動說明一些情況嗎？」

「你指的是什麼？」

「你別裝糊塗，你們不是和檢方一起隱瞞很多事嗎？像是空白的兩天，還有歌舞伎町的事，你們把一個莫名其妙的人塞過來，我們什麼事都搞不清楚，真是太困擾了。」

志木停頓了一下說：「關於這件事，我向你道歉。」

「你不必道歉，我原本就不相信警察。即使我們努力讓受刑人重生，一旦出獄，你們又緊追不放，結果又把他們送回這裡。即使有前科也是人啊，為什麼不讓他們安靜過日子？」

古賀在說話時，感到胸口隱隱作痛。

「當然，我們也不能說在他們出獄之前就已經完全重生了，但是，警察不是助長他們再次犯案嗎？」

「曾經犯案的人有可能再犯，再犯的人絕對會有第三次，事情就這麼簡單。」

古賀被志木說的這句話吸引。因為他覺得志木很坦誠。

但是，他內心湧現了更強烈的憤怒。

「也有人從此金盆洗手啊！警察太自私自利了，電視和小說中的刑警都會協助罪犯改過自新，但實際生活中的警察呢？抓了人之後就刑求，讓他們招供，然後就把人丟給我們。接著又摩拳擦掌地等這些人出獄的日子。有人因為被你們糾纏，丟了好幾份工作，最後只能走上絕路。你們對這種事不聞不問，聽到警察說想要自殺，就這樣大驚小怪。自己的秘密隻字不透露，卻一直要求我說秘密，真是受夠了。」

正當他打算掛上電話時，志木開口。

「他的確去了歌舞伎町。」

古賀把電話用力貼著耳朵。

「但是，目前並不知道他去那裡的理由。雖然掌握幾條線索，但至今仍然不知道他去了哪裡，也不知道他做了什麼。」

志木的聲音很平靜。

「有一件事很確定，那就是梶至今仍然想死，或者說，他沒有活下去的理由。他失去了一切，不僅如此，他還因為親手殺了妻子的慚愧，和身為警察犯罪的良心譴責感到無地自容。他去了歌舞伎町，不知道發生什麼事，讓他打消自殺的念頭去自首。但是，這只是暫時的情況，他內心的確已經死意甚堅。」

「你憑哪一點這麼斷言？」古賀忍不住問，「他去歌舞伎町後發生了一些事，讓他完全打消自殺的念頭，也有這種可能啊。」

「當初是我偵訊梶，他痛苦地對我說，再等一年，再加上他留下的書法，我認為他會在五十歲或是五十一歲時自我了斷。」

「既然這樣，我也有話要說。我和受刑人打交道四十年，我不認為梶會在明天自殺。他的眼睛看著外面，他的眼睛顯示他內心有明確的目標。」

古賀隔著電話，可以感受到電話彼端的人鬆一口氣。

過了一會兒，電話中響起嚴肅的聲音。

「古賀先生，或許只到明年而已，請你好好關照梶，我會繼續調查歌舞伎町的事，要找出可以阻止他自殺的原因。」

古賀不知道該怎麼回答，他無法就這樣接受志木的想法。只到明年。這就意味著古賀到退休之前都必須繃緊神經。

「在我看來縣警似乎對梶並沒有很關心，你為什麼要為梶這麼賣力？」

「我不想讓梶聰一郎就這樣死去，更何況……」

這一次他停頓很久，才又接著說：

「也許和你剛才對警察的批判有關，經過這件事，我深刻體會到。當事件發生時，只要嫌犯說出聽起來合理的自白，相關資料齊全，無論在警方、檢方和法院都可以順利過關，簡直就像是送上輸送帶，即使完全不瞭解嫌犯的內心狀況，也一路暢通無阻，這件事實在太可怕了。梶就是最好的例子，他至今只有半自白，沒有人瞭解真實的狀況，但他就這樣被送進了監獄。」

古賀覺得他提出了一個嚴肅的問題。監獄有辦法讓受刑人打開心房嗎？

志木似乎輕輕笑了。

「不好意思，說了這麼多，但搞不好只是自我滿足而已。」

自我滿足？他為沒有搞清楚梶的情況，就移送檢方感到後悔嗎？

「應該只是想做一件讓自己可以吹噓的事。」

這句話聽起來不像是刑警會說的話。聊自己的功勞是刑警的專利，他們應該有一兩百件事可以吹噓。

古賀躺在從來不折的被褥上。

他的醉意已經完全消失，太陽穴隱隱作痛。掛上電話之後，就覺得志木很遙遠。反正志木和梶之間，沒有空間可以讓自己介入。古賀用關節粗大的手，摸向固定放明信片的位置。

4

古賀的判斷並沒有錯。

隔天，M監獄內充滿緊張的氣氛，但梶聰一郎的態度絲毫沒有變化。夜班的時間，包括古賀在內的三個人輪流監視「二舍一樓五房」，不到五分鐘就從裝了單向透視玻璃的監視孔，持續觀察梶的情況，直到早上，都沒有發生任何會讓古賀他們感到緊張的情況。

三天過去，過了五天，一個星期過去了，梶的表情和態度都完全沒有改變。警戒狀態解除，梶從獨居房換到六個人住的團體房。至於監內作業，在考查之後，決定把他分配到印刷工廠。梶博學多聞，而且寫得一手好書法，曾經在W縣書法展得獎。原本考查委員認為他適合擔任「文書圖書員」，但梶強烈希望在工廠工作。

時序進入四月中旬後，梶已經很融入監獄的環境，和同房的人相處融洽。獄方嚴格保密梶以前是警察這件事，因為一旦在受刑人之間傳開，他可能會成為動私刑或是霸凌的目標。

起床、晨間檢查、放風、搜身、工廠作業。梶默默地過著日復一日的生活，從來不曾違反規定，沒有申請交談或面會。負責舍房和工廠的監獄官都異口同聲地說：

「當過警察的人果然不一樣。」

五十歲。第一次危機顯然已經過去了，但沒有人知道是否在他五十一歲生日之前，都不會發生第二次危機。

梶至今仍然想死，他沒有活下去的理由。

如果相信志木說的話，在未來一年，到梶滿五十一歲的那天之前，都無法放鬆對他的監視。

古賀至少每天都會去看梶一次，這件事讓他心情很沉重。這是他退休之前的最後一年，但每天都必須為了一個受刑人繃緊神經，這件事實在太沒道理了。「平安無事」。他唸這個咒語的次數與日俱增，漸漸變成祈禱。

五月初，有人來申請面會。

她是梶的大姨子島村康子。這是梶在入監時申報的唯一「親人」。島村康子正是梶殺害的啟子的親姊姊。她在開庭時以辯方的證人身分出庭表示「並不恨梶」。不知道他們在面會時會聊什麼。在他們的面會時間，古賀始終坐立難安。

面會結束後，他向當時在場監視的管理員借了面會簿。簿子上記錄的談話內容讓人失望。梶幾乎沒有說什麼話，只說了「對不起，給妳添麻煩了」、「我很好」、「掃墓的事就麻煩妳了」，唯一令人好奇的是，他問康子「有沒有收到郵件？」這是梶唯一向康子發問的問題。

到底在等誰的信？古賀感到很好奇，聯絡了志木。在告訴志木這件事後，志木回答說，梶的確在等郵件，目前他同時在調查這件事。

那天之後，就沒有再接到志木的聯絡。報紙和電視上正大肆報導一起W縣內發生的女高中生遇害事件，古賀猜想，志木應該沒有時間繼續調查已經算是塵埃落定的梶事件。

那是五月最後一次的監獄官會議。

古賀像往常一樣提早上班，去察看了正在接受晨間檢查的梶後，在便條紙上寫了沒有異常的發言備忘後，走進會議室。

這一天，在教化部門相關的議題上，討論因強盜傷人罪而入獄的服刑人持續絕食抗議一事。那人姓高梨，只因為負責舍房的麻田說了他一句：「長得一臉惡人相」，結果他就開始鬧彆扭。高梨即將服刑期滿，威脅取消假釋是受刑人的痛處，但對他無法奏效。最後決定將高梨從隔離鎮靜房移到保護房，由具有醫師執照的醫務課長每天為他診察一次。

除此以外，還有很多其他議題，所以會議開了很久。

正當古賀猜想今天應該不會要求自己報告梶的事時，本橋典獄長利用議題的空檔，突然叫了古賀。

「今天早上，接到W縣警的電話，說要偵訊警部，明天會派兩名刑警過來，到時候你接待一下。」

古賀驚愕不已，忘了站起來就直接問：「偵訊……嗎？」

「對，好像是警部以前所在的教育課備品的錄放影機不見了，要來調查一下。沒想到警察也很計較啊，只是應該比我們好一點。」

古賀戰戰兢兢地問：「請問要來這裡的人姓什麼？」

本橋低頭看著手邊的便條紙說：

「他姓志木，縣警搜查一課的志木，他會再帶一個人來。」

古賀走回辦公室時，內心起伏不已。

有兩件事很明確。

志木想和梶見面。

而且，「偵訊」根本是謊言。

古賀不知道志木真正的目的，為什麼不惜編理由也要來這裡？只要向高層打一下招呼，就可以私下接見，更何況志木之前曾經透過高層打聽到古賀家裡的電話號碼。

古賀回到辦公室後，打電話去W縣警總部，然後請總機轉接到搜查一課，但志木並不在辦公室。

狩野首席此時走進了辦公室，因此古賀壓低聲音問：

「請問他去了哪裡？」

「無可奉告。」
「我是M監獄的人，有急事要和他聯絡。請問他有手機嗎？」
「無論對方是誰，都無法告知辦案人員的去處和聯絡電話。」
古賀覺得立場好像顛倒了。
「他幾點會回辦公室？」
「我無法回答，這是規定，請見諒。」
古賀用力掛上電話，電話立刻響了。
古賀接起電話。
「我是志木。」
古賀有預感可能是他打電話來，沒想到——
「我在M車站，等一下可以見面嗎？」
古賀的腦袋一片空白。
「你已經到這裡了？不是明天才偵訊嗎？」
「在此之前，有要事想和你談一談，你可以過來一趟吧？」
志木很強勢。
這裡無法像普通的公家機關，可以趁午休時間溜出去。古賀等到五點下班之後，才開車離開M監獄。

開了三十分鐘車，來到M車站。他停好車，走進車站。

他看到了志木。

古賀一眼就認出他。一個眼神銳利，看起來就像刑警的人站在驗票口旁。

連打招呼都省了，他們各自報上姓名後，古賀先發制人地問：

「這到底是怎麼回事？為什麼謊稱要偵訊？」

「我就是為了說明這件事而來，我們去那裡。」

志木看向車站前大樓內的咖啡店後邁開步伐，古賀立刻小跑幾步追上，他看著志木的臉說：「聽說你們都邊走路邊談重要的事？」

「是啊，走路的時候不會引人注目。」志木直視著前方說。

「那請你回答我，為什麼不申請正常的面會？」

「因為無法獲得許可。」

「那只是原則上的規定——」

志木打斷他的話，「即使我可以見到，如果另一個人無法見到梶，就失去了意義。」

古賀想起本橋典獄長說的話，聽說有兩名刑警會來這裡——

「可以啊，既然都是刑警，上面的人會同意。」

志木沒有回答，伸出右腳，咖啡店的自動門感應後打開，但他沒有走進去，而是用眼神示意古賀進去。

古賀停下腳步。

他不敢邁開步伐。內心湧現的恐懼帶走全身的體溫。太像了。他覺得很像被視為共犯接受偵訊時的恐懼。

「他不是……吧？」他發問的聲音微微顫抖，「另一個人不是刑警，對不對？」

志木沒有回答。

古賀瞪大眼睛，凝視著志木的側臉。

「你要我成為冒充公務員的幫凶嗎？」

志木一臉嚴肅，看著古賀說：「進去再說。」

店內很昏暗，簡直就像是地獄。

古賀咬牙切齒地說：「我做不到，我絕對不會這麼做。」

志木的雙眼表達堅定的決心。

古賀加強語氣說道：

「我是法務事務官，你也是司法警察，我們都必須遵守法律和規定，絕對不可以破壞。」

「我們進去說。」

「你不要把我這個老頭子捲入這種事，我還有一年就退休，我不想為了這種事，失去努力了四十年的工作。」

就在這時，有一個人從咖啡店中央的半開放式包廂座位上起身。

那個人的年紀介於少年和青年之間，露出靦腆的微笑，向古賀鞠躬。

羈絆——

就在他閃過這個念頭時，「老人眼」又出現了。古賀的手在空中掙扎亂揮後，用力抓住了志木的手臂。

5

早晨就下著雨。

古賀挺直站立在M監獄一樓大廳中央。

入口出現人影。志木和正依約在上午九點準時出現，他甩了一下雨傘，甩掉水後，直視著古賀，走進大廳。

池上一志跟在志木身後，臉上沒有昨天在咖啡店看到的笑容，看起來很緊張，走路動作也有點生硬。

古賀和志木相視無言。

志木從懷裡拿出文件。那是W中央分局局長寫給M監獄典獄長的公文，因梶聰一郎涉嫌業務侵佔，請求同意偵訊梶聰一郎。

古賀檢查之後，注視著志木的眼睛說：「請出示警察證。」

志木從西裝胸前的口袋拿出警察證，翻開封面，出示了永久紙第一頁的身分證明欄。

姓名、單位、照片。古賀抬起雙眼，瞥了志木一眼，看向他身旁的池上。

池上很緊張，但五官看起來很和善。他今年十九歲，在新宿歌舞伎町的拉麵店工作。他說希望將來能夠自己開一家拉麵店，做出全日本最好吃的拉麵。

古賀將視線移回志木身上，覺得終於解開了一個謎。

做一件讓自己可以吹噓的事。

沒錯，男人沒有一件可以吹噓的事，老後必定很可憐。他已經把那張明信片收進書信袋，不需要再放在特定的位置了。

古賀轉過身。

「我帶你們去，請跟我來。」

他們的共犯關係就在這一刻成立。

他們經過登記服務台前，工作人員伸長脖子看過來，古賀對他說：「手續已經辦妥了」，走向通往管理大樓的走廊。他覺得身後的腳步聲格外大聲。他用通行鑰匙開了門，讓他們兩人進入監獄內，然後走上樓梯。古賀不斷在內心激勵自己。

他走進辦公室，推開門的手冒著汗。所有人的視線都看過來。櫻井部長、竹中課長、狩野首席、光山上席。穿越辦公室後，他讓志木和池上坐在沙發上，走向「三號偵訊室」門口。

這裡和警局的偵訊室稍有不同，門上裝了一塊透明玻璃，空間差不多大了一倍。

古賀走進偵訊室。

梶聰一郎坐在中央的鐵桌子前，有兩名特警隊員站在他兩側。梶納悶地看著古賀。因為帶他來這裡之前，什麼都沒告訴他。

古賀對特警隊員說：「你們可以離開了。」當兩名特警隊員離開後，他對著沙發叫道：「請進。」

志木首先走進偵訊室。

梶瞪大眼睛。

池上隨後進來。

梶愣住了。

池上的表情也立刻發生變化，他整張臉都露出了欣喜的表情，燦爛笑容隨即湧現，和梶形成明顯對照。

古賀也走進去，但他沒有走去桌旁，而是背對著門站在那裡，擋住透明的玻璃，不讓外面的人看到梶和池上的身影。古賀並沒有遭到威脅或是逼迫，而是憑自己的意志決定這麼做。

志木和池上在梶的對面坐下。古賀看不到梶的表情。他低下頭，遮住一大半的臉，只能看到他的脖頸。

池上興奮地說：

「果然是這樣。那天你走進店裡時，我就隱約察覺到，啊，可能就是這個人。」

梶沉默不語。

「能夠見到你真是太高興了，雖然違反規定，但我還是很想知道，很希望可以見到你，當面向你道謝。」

梶的上半身繼續往前傾，他的肩膀微微顫抖。

古賀發出無聲的嘆息。

他覺得梶真是太不幸了。

獨生子俊哉罹患急性骨髓性白血病死亡，妻子啟子也這麼年輕就罹患了阿茲海默症，記憶力逐漸衰退，甚至忘記俊哉的忌日。啟子大吵大鬧，說希望趁還記得俊哉的時候去死，希望自己死的時候還是個母親。梶回應了妻子靈魂的吶喊。

不知道梶的雙手感受到妻子身體的冰冷時想到了什麼。痛哭、絕望，決定共赴黃泉。正因為是在那樣的情境下，梶注視著隱藏在內心深處的「羈絆」。他失去了所有的親人，對他來說，那必定是無上的至寶。他想要在自殺之前去看一下，去親身感受。只要短暫的片刻就好。他想要確認，自己和別人還有交集。於是，他去了歌舞伎町，去見了池上一志。

他去了歌舞伎町的每一家拉麵店。因為他無法報上自己的名字，也無法說出池上的名字，但他的手上握著能夠找到他的唯一線索。

那就是報紙的剪報。那是去年十月二十三日的《東洋新聞》上『民眾的聲音』欄。上面刊登了池上投稿的文章。

文章的題目是『感謝生命』——

文章中提到，池上在十三歲時得了急性骨髓性白血病，在接受骨髓移植後順利出院，目前在「歌舞伎町最小的拉麵店」工作。

那就是「羈絆」，梶是池上的骨髓捐贈者。

俊哉沒有找到白血球抗原吻合的捐贈者，因此失去生命。他自己當然很遺憾，但他的父親梶更是遺憾萬分。志木說，梶在遭到逮捕之後，只有一次流露出真實情感。那就是在開庭的時候，律師問他：「如果有適合的捐贈者，就可以救俊哉一命嗎？」梶很用力地回答：「我認為一定可以。」古賀能夠理解梶去骨髓銀行登記的心情，雖然他無法救自己的兒子，但他希望可以拯救素不相識的人。

在他登記的兩年後，終於等到這個機會。雖然移植手術規定，不能公布「誰」捐贈給「誰」，但會告知彼此對方的年紀、性別和所住的城市，而且可以透過財團法人骨髓移植促進會通信，只是通信的次數受到限制。最重要的是，池上刊登在報紙上的那篇投稿文章中提到了移植時期和家庭成員等詳細的內容，梶和之前通信的內容對照之後，很容易知道對方就是「池上一志」。梶在去年十月時，知道了自己的骨髓捐贈給誰。

歌舞伎町最小的拉麵店。梶在殺害啟子之後，憑著這條線索在街頭尋找，最後找到了池上工作的那家店。池上看到坐在吧檯前的梶，憑直覺知道他就是自己的骨髓捐贈者。梶應該也知道了。骨髓移植是分享「生命」的終極慈善行為，接受移植的病人連血型也都和捐贈者一致，他們的「血液」一定產生了感應。

梶並沒有報上姓名。即使沒有移植的規定，他也不想透露身分。他在被逮捕後也一樣，無論警方和檢方再怎麼嚴厲逼問，他始終沒有透露出和池上之間的「羈絆」。

他考慮到池上的心情。如果池上知道接受了殺人凶手的骨髓，會有什麼感想？一定會在未來漫長的歲月中為此苦惱、痛苦，一定會覺得玷污了自己的身體和血液，因此梶下定了決心，絕對不能透露和池上之間的關係。

但是，梶在內心決定的並非只有這件事而已。

古賀想起昨天在咖啡店的光景。古賀問坐在對面的志木，既然梶已經見到了池上，看到自己分享生命的年輕人充滿活力地工作，照理說應該感到滿足了，為什麼打消了自殺的念頭？志木在回答他的問題之前，從皮包裡拿出一張淡黃色的紙。那是捐贈者向骨髓銀行登記的說明書。志木粗大的指尖指著一個地方，古賀看到那行字時的衝擊，此刻仍然在內心翻騰。

五十一歲的生日後，登記就會自動取消──

古賀終於知道梶在寫『人間五十年』這句話時內心真正的想法。那是梶站在死亡邊緣時做出的壯烈決定。

他希望再拯救一個人。

他看到池上充滿活力工作的樣子，產生這樣的渴望。

自己不該活在世上，他的內心早已跨越死亡，但是身體呢？身體脫離內心，繼續活著。自己的身體還有價值，可以讓他人獲得重生。每一天都有孩子因為找不到成功配對的骨髓捐贈者而失去生命。既然這樣，就活下去，即使活著是一種屈辱，也要活到登記自動取消的五十一歲生日那一天。

所以，他沒有自殺，選擇自首。他做好承受污辱的心理準備，做好了身為一個人，身為警察，尊嚴和名譽被徹底撕裂的心理準備。

梶在孤獨中保持沉默，等待著郵件，每一天都翹首等待著財團法人的地區事務所寄來寫著「你成為骨髓捐贈候補者」的信。這正是梶活著的所有理由。

志木在上司的孫女因為白血病住院時，才終於瞭解真相。上司的孫女順利找到配對成功的骨髓捐贈者，接受移植，但六十歲的上司並沒有展露笑容。他說，我真沒用，如果再年輕十歲，就可以向別人回報這個恩情——

一陣啪啦啪啦。雨水打在偵訊室的窗戶上。可能起風了。

古賀看向梶。梶仍然低著頭。

古賀又將視線移向志木。他的表情看起來正在祈禱，想法應該和古賀相同。

你不需要死得這麼漂亮。

池上一志是他們的賭注。

梶在歌舞伎町的拉麵店時，應該像此刻一樣駝著背，遮住了臉，默默吃拉麵。他一定用這種方式，把池上想像成俊哉。如果當時有成功配對的骨髓捐贈者出現，兒子就可以活下來，他彷彿看到了兒子成長的身影。正因為這樣，梶決定再拯救一個人。然而，梶內心萌生的感情真的只有這樣而已嗎？

曾經從梶的手上接受生命的池上，是否能夠將生命回報給梶？他們用生命建立的羈絆，是否能夠讓梶的內心產生對生命的眷戀？

這是瞭解梶聰一郎的所有人內心的祈禱。

古賀看著池上。

他的表情為什麼能夠如此溫柔？是因為曾經克服痛苦的治療嗎？是因為曾經走過死亡的邊緣嗎？是因為他知道，任何人都無法只靠自己活在世上嗎？

古賀身後的門敲了兩次。外面的人似乎在說，時間差不多了。

池上慌忙開口：「下次由我來煮。」

池上探出身體，幾乎趴在桌子上，把臉湊到梶的面前。

「我會煮很好吃的拉麵，希望你下次再來。」

梶的頭壓得更低了，他的後背激烈起伏著。

敲門聲再度響起。
古賀一動不動，用身體擋住玻璃。
池上伸手抓住梶的肩膀，他的腳尖快要離開地面了。
「真的很感謝你，我會好好珍惜你給我的生命，我會非常非常珍惜。」
這時，響起一個沙啞的聲音。那是梶的聲音。
「……不是……不是我……」
志木仰頭看著天花板。古賀垂下肩膀。就在這時——
池上搖晃著梶的肩膀叫了一聲：「爸爸。」
梶猛然抬起頭。
池上紅著臉，露出笑容。
「我在家裡一直都說，我有兩個爸爸。」
原來當人深受感動時，就像剛降臨人世的嬰兒。此刻的梶正是如此。
池上握住梶顫抖的手。
用雙手緊緊握住。
好像要把新的生命傳送過去。
志木看向古賀，眼眸微微一動，向他道謝。接下來就交給我吧。古賀也用眼神回答。

我不會讓他死。

我絕對不會讓他死。

古賀的視野模糊起來，今天的「老人眼」帶著熱淚。

完

春日
ハルヒブンコ
文庫

99

半自白

半落ち

半自白/橫山秀夫作；王蘊潔譯. -- 初版. -- 臺北市：春天出版國際文化有限公司, 2021.10
面；　公分. -- (春日文庫；99)
譯自：半落ち
ISBN 978-957-741-470-0(平裝)

861.57　　　110016441

ISBN 978-957-741-470-0
Printed in Taiwan

作　　者　橫山秀夫
譯　　者　王蘊潔
總 編 輯　莊宜勳
主　　編　鍾靈

出 版 者　春天出版國際文化有限公司
地　　址　台北市大安區忠孝東路四段303號4樓之1
電　　話　02-7733-4070
傳　　眞　02-7733-4069
E－mail　story@bookspring.com.tw
網　　址　http://www.bookspring.com.tw
部 落 格　http://blog.pixnet.net/bookspring
郵政帳號　19705538
戶　　名　春天出版國際文化有限公司
法律顧問　蕭顯忠律師事務所
出版日期　二〇二一年十月初版

定　　價　380元

總 經 銷　楨德圖書事業有限公司
地　　址　新北市新店區中興路二段196號8樓
電　　話　02-8919-3186
傳　　眞　02-8914-5524
香港總代理　一代匯集
地　　址　九龍旺角塘尾道64號 龍駒企業大廈10 B&D室
電　　話　852-2783-8102
傳　　眞　852-2396-0050